다시, 문학이 필요한 시간

나를 탐구하고 타인을 이해하기 위한 수상한 책처방

다시, 문학이 필요한 시간

초판 1쇄 인쇄 2020년 10월 14일
초판 1쇄 발행 2020년 10월 21일

지은이 문화라

책임편집 장수현
디자인 Aleph design

펴낸이 최현준·김소영
펴낸곳 빌리버튼
출판등록 제 2016-000166호
주소 서울시 마포구 월드컵로 10길 28, 202호
전화 02-338-9271 | **팩스** 02-338-9272
메일 contents@billybutton.co.kr

ISBN 979-11-88545-95-7 03800
© 문화라, 2020, Printed in Korea

이 도서의 국립중앙도서관 출판예정도서목록(CIP)은 서지정보유통지원시스템 홈페이지(http://seoji.nl.go.kr)와
국가자료공동목록시스템(http://www.nl.go.kr/kolisnet)에서 이용하실 수 있습니다.(CIP제어번호:CIP2020041775)

나를 탐구하고,
타인을 이해하기 위한
수상한 책처방

다
시,

문학이
필요한 시간

문화라
지음

빌리버튼 billybutton

이야기의 힘, 문학의 매력

우리는 옛날 옛적부터 이야기를 좋아해왔습니다. 학자들은 호모 사피엔스가 허구적 이야기를 만들어내는 데 능숙한 재능을 가졌다고도 하고, 뒷담화를 통해 집단의 결속력을 강화시켜왔다고 주장하기도 합니다. 사람들은 이야기를 통해 경험해보지 못한 세계를 체험하며 가상의 여행을 떠나기도 하고, 이야기 속의 인물이 처한 상황을 마치 나에게 일어난 일인 양 몰입하기도 합니다.

사람들이 이야기를 좋아하는 이유는 무엇일까요? 자신

의 이야기를 다른 사람에게 들려주고 싶은 본능이 내재되어 있기 때문입니다. 인류의 문화가 발달할 수 있었던 이유 중 하나로 인간이 이야기를 만들어내는 능력을 계속 진화시켜왔기 때문이라고 주장하는 사람들도 있습니다. 자신이 어떤 사람인지 다른 사람에게 알려주고 싶은 욕망 때문에 인간의 이야기 능력은 계속 발달해왔습니다. SF 문학계에서 주목받고 있는 켄 리우는 소설집 『종이 동물원』의 서문에서 이렇게 말합니다. "우리는 남에게 자기 이야기를 들려주려 애쓰며 평생을 보낸다. 그것은 기억의 본질이다. 그렇게 우리는 이 무감하고 우연적인 우주를 견디며 살아간다." 이 말은 인간에게 이야기가 갖는 의미를 압축적으로 설명해주고 있습니다. 인류의 이야기는 문학을 통해 지금까지 이어져오고 있습니다.

문학이 지금까지 생명력을 이어오게 된 데는 여러 이유가 있을 것입니다. 책을 읽는 이유가 각자 다르듯이, 사람들이 문학을 읽는 이유도 동일하지 않습니다. 저 역시 문학을 읽는 이유는 계속 변화해왔습니다. 십대 때는 이야기의 상상력이 주는 재미가 컸고, 이십대 때는 다양한 인간 군상을 엿보는 즐거움이 있었습니다. 결혼을 하고 아이를 낳아 기르면서부터는 타인을 이해하고 공감하는 이야기가 좋아 졌습니다. 최근에는 미래 사회에 관심이 많아지면서 SF를 즐겨 읽습니다. SF는 상상으로만 존재하는 미래 사회의 구 체적 모습을 제시해주면서도 인간만이 가지고 있는 고유 한 특성에 질문을 던져주어서 좋습니다.

　독서의 매력은 내가 잘 모르는 세계로 나를 이끌어줄 때 발생합니다. 책은 기존에 알고 있고 믿고 있는 세계 너머로 우리를 이끌어주면서 내면의 경계를 넓혀줍니다. 그 순간 우리는 그동안 닫혀 있던 세계에서 벗어나 성장해나갈 수 있습니다. 문학은 다양한 세계의 모습을 상상력을 통해 구 현해내는 장르입니다. 문학의 보편적인 주제 중 하나는 인 간에 대한 탐구이며 사람들은 소설을 읽으면서 나 자신에 대해 탐구할 뿐만 아니라 타인에 대해 이해할 수 있게 됩니 다. 흔히 살면서 다른 사람들이 내 맘 같지 않다는 말을 하 곤 합니다. 우리는 애초에 타인을 온전히 이해할 수 없습니 다. 각자 자신의 내면 세계에 갇혀 있기 때문이지요. 저는 자신만의 세계 너머의 것들에 관심을 가지게 도와주는 사람이 바로 작가라고 생각합니다. 작가는 내가 전혀 상상할 수 없는 다른 사람들의 세계를 보여주며 그들을 이해하기 위한 다리를 놓아주는 역할을 합니다.

소설을 읽으며 구체적 상황 속에서 타인을 이해하게 되고, 그 이해는 공감의 영역으로 연결됩니다. 타인의 고통에 감응할 수 있는 힘, 이는 문학이 우리에게 줄 수 있는 값진 선물입니다. 김연수 작가는 『시절일기』에서 문학의 힘은 '역접의 힘으로 세상을 바라보는 일'이라고 말합니다. 타인에 대한 완전한 애도가 불가능함을 알기에 소설가는 소설을 쓰고, 우리는 문학을 읽는 것이겠지요. 내가 살아가고 있는 세상에 대해 눈감아버리지 않게 만들어주는 힘을 문학은 가지고 있습니다.

수상작을 읽으며, 문학이라는 벽을 넘어보자

이 글을 쓰게 된 계기는 두 가지였습니다. 8년 전부터 독서 모임을 해오고 있는데, 문학은 읽지 않는다는 분들을 종종 만나게 되었습니다. 독서에는 당연히 문학 읽기가 포함되는 것이 아닌가 생각했던 저는 몹시 의아했습니다. 그래서 왜 문학을 읽지 않는지 이유를 여쭤보았습니다. 각각 여러 이유를 들려주었는데 그 대답을 따라가보면 '문학은 이해하기 어렵다' 또는 '직접적으로 도움이 되지 않는다'는 내용과 연결되어 있었습니다. 이런 대답을 들으며 저는 문학이라고 해서 다 어려운 건 아니며 좀 더 편하게 문학에 접근할 수 있는 길을 안내해보고 싶어졌습니다.

두 번째 이유는 어떤 문학책을 골라야 할지 선택하기 힘들다는 분들에게 도움을 주고 싶었습니다. 어떤 분은 이렇게 말을 하셨습니다. "비문학은 읽고 싶은 책을 고르는 게 어렵지 않은데, 문학책은 제목만 봐서는 어떤 책을 골라야 할지 잘 모르겠어요. 내게 필요한 책이 무엇인지 알 수 없어서 답답할 때가 많습니다. 다양한 책을 읽어야겠다고 결심했는데 문학 작품을 고르는 일은 항상 어려운 일이에요. 어떤 책을 골라야 할지 잘 모르니 결국 가장 인기 있는 작품을 골라 읽은 적도 많아요. 베스트셀러라고 해서 읽었는데 내게는 잘 맞지 않는다는 느낌이 들었어요. 내게 맞는 문학을 읽어보고 싶은데 선택이 쉽지가 않습니다. 자신에게 필요한 문학 작품을 선택할 수 있도록 도와주는 가이드북이 있었으면 좋겠어요." 이 말을 들으며 '읽어볼 만한 좋은 문학 작품들이 잘 소개된 가이드북이 있으면 좋겠구나'라는 생각을 해보게 되었습니다. 연일 수많은 책이 쏟아져 나오다보니, 누군가의 해설이나 안내가 절실해진 시대가 온 것입니다.

저는 책을 읽고 감상을 적어 올리는 모임을 5년 동안 해오고 있습니다. 제가 소개해놓은 글을 읽고 책을 읽어보았다는 분들의 글을 읽으면 어찌나 기쁘던지요. 얼마 전 도리스 레싱의 『다섯째 아이』를 읽고 소개 글을 올렸는데 그 글을 읽은 분이 책을 너무 읽어보고 싶어서 도서관에서 빌려 읽고는 정말 좋았다는 글을 남겨주셨습니다. 만약 소개 글을 읽지 못했다면 이렇게 멋진 작품을 읽지 못했을 거라며 감사의 인사를 전해주셨습니다. 그때도 다시 한 번 느꼈지요. 문학이라는 진입장벽 앞에서 조금은 친절하게 길을 인도해줄 가이드북이 필요하다는 사실을요.

그런데 막상 문학 작품을 추천하는 글을 쓰려고 하니 어떤 기준으로 소개를 해야 할지 고민이 됩니다. 문학은 취향의 차이도 있어 호불호가 갈리는 작품도 의외로 많습니다. 나는 어떤 작품을 읽고 정말 좋다고 느꼈는데, 다른 사람도 이 작품에 대해 비슷한 느낌을 가질 수 있을까요? 애초부터 그런 건 불가능할지도 모르겠습니다. 그래도 최소한 누구나 괜찮다고 느낄 만하려면 어떤 기준을 가지고 있어야 하지 않을까요? 그래서 저는 '국내외 수상작 중에서 재미도 있고 문학성도 있는 작품을 소개하면 어떨까?'라는 생각을 해보았습니다. 물론 문학상을 받았다고 해서 다 좋은 작품이고, 읽어볼 만하다고 주장하는 건 아닙니다. 하지만 최소한의 기준은 되리라고 판단했습니다.

이 책은 검증받은 문학 작품을 읽어보자는 취지의 문학 읽기 독서법입니다. 독자분들이 이 책을 읽으며 문학을 좀 더 친근하게 받아들이고, 높다고 여겨지는 문학이라는 벽을 넘어설 수 있었으면 좋겠습니다. 자, 그럼 이제 수상작의 세계로 들어가볼까요?

5장
국외 문학상 수상작을 읽는 시간

6장
국내 문학상 수상작 읽는 시간

오늘도
책을
읽습니다

내 삶에 책이 들어왔다

지금은 매일 독서를 하고 있지만 저 역시 살아오면서 꾸준히 많은 양의 책을 읽었던 건 아닙니다. 어린 시절을 돌아보면 책 읽는 것을 좋아하는 편이긴 했습니다. 그러니 책을 거의 읽지 않고 지내다가 갑자기 독서에 빠진 건 아닙니다. 책읽기를 좋아했던 건 집안 환경의 영향도 컸습니다. 아버지는 서재를 책으로 가득 채우고 싶어 하셨습니다. 매달 월급을 받으면 제일 먼저 서점으로 책을 사러 가셨지요. 저희 집은 골목 맨 안쪽에 있었는데, 월급날이면 아버지가 책을 사서 양 손에 노끈으로 묶은 책 꾸러미를 들고 골목길을 걸어 들어오시던 장면이 떠오릅니다. 물론 책으로 쌓여가는 집을 어머니는 반가워하지 않으셨지요. 30년 동안 이사를 가지 못했던 가장 큰 이유도 집에 쌓여 있던 책 때문이었습니다.

그렇게 집에 책이 넘쳐나니 아무 책이나 골라잡고 읽어도 심심하지 않았습니다. 더 읽고 싶은 책이 있으면 시립 도서관에 가서 읽었습니다. 그 무렵 주로 읽던 책은 추리 소설, 무협 소설, 로맨스 소설같이 내용이 재미있는 소설이었습니다. 교육적으로 좋은 책을 읽어야겠다는 생각은 전혀 없었지요. 책을 고르는 기준은 오로지 얼마나 재미있는지였습니다. 책을 좋아하다보니 자연스럽게 국문과에 진학을 하게 되었는데, 그러면서 이십대 때는 소설을 읽는 게 공부가 되어버렸습니다. 그렇게 또 의무적으로 소설을 읽었습니다. 재미로 읽던 책을 공부 삼아 읽어야 하니 즐겁지만은 않았지요.

본격적으로 읽는 권수가 늘어나고 다양한 분야의 책을 읽기 시작한 건 독서 모임을 시작하면서였습니다. 아마 독서 모임을 시작하지 않았다면 그저 한 달에 서너 권 정도의 책을 겨우 읽지 않았을까 싶습니다. 처음에는 독서 모임 하나로 시작했는데 하다보니 읽고 싶은 책과 분야가 점점 늘어나게 되었습니다. 그래서 매년 하나둘씩 새로운 독서 모임을 만들었고, 자연스럽게 모임이 늘어났습니다. 독서 모임을 하면 사람들이 토론 내용과 관련하여 떠오르는 책들을 소개해주기도 하고 자신이 읽었던 책들 중에서 좋았던 책을 추천해주기도 합니다. 소개해주는 책 이야기를 듣다 보면 '아, 저 책을 꼭 읽고 싶다'라는 생각이 듭니다. 또 책을 읽다보면 작가가 책 속에서 자신이 영향을 받았던 다른 책들을 소개하고 추천해주는 경우가 있습니다. 그러면 또 그 책을 연달아 읽고 싶어집니다. 그러다보니 읽고 싶은 책들은 매달 기하급수적으로 늘어나게 되었습니다.

이전까지는 한 달에 대여섯 권 정도의 책을 읽는 것도 많은 숫자라고 생각했는데, 읽고 싶은 책을 다 읽으려면 그 정도로는 어림도 없어지기 시작했습니다. 게다가 좋아하는 분야의 책만 읽다보니 여러 분야의 책을 이해하는 데도 한계를 느끼게 되었지요. 그래서 4년 전부터 마음먹고 책을 읽어야겠다고 결심을 했습니다. 나름대로는 인생 최대의 결정이었습니다. 책을 하루에 한 권씩 읽어보면 어떨까 생각을 한 것입니다. 사실 처음에는 과연 가능할까 싶기도 했고, 매일 읽을 자신도 없었습니다.

그렇다고 무조건 권수에 집착하며 읽어야겠다고 생각한 건 아닙니다. 규칙적으로 책을 읽으면서 독서 역량을 키워나가겠다고 마음을 먹었습니다. 사실 그 전까지만 해도 책을 읽고 싶을 때는 몰아서 읽다가도, 읽고 싶은 생각이 들지 않으면 몇 달이 가도록 쳐다보지도 않곤 했습니다. 그렇기에 하루에 한 권이라니, 이렇게까지 책을 읽을 필요가 있을까 생각도 들었지만 그래도 한번 도전해보고 싶었습니다.

혼자 하면 흐지부지될까봐 함께 하루 한 권을 읽겠다는 분을 모집해서 단톡방에서 매일 읽은 책 구절을 올리기로 했습니다. 하루에 책 한 권을 완독하는 건 사실상 어려운 일이라 판단해서 최소 한 권의 삼분의 일을 읽는 것을 규칙으로 정했습니다. 예상하셨겠지만, 하루 한 권을 읽는 일은 불가능했습니다. 한 권을 읽는 건 고사하고, 매일 책을 펴서 읽는 습관을 만드는 데만 꼬박 백 일 정도의 시간이 걸렸습니다. 처음에는 책을 꼭 읽어야 한다는 압박감에 얇은 책을 골라 읽기도 했습니다. 바쁜 하루의 일상에 쫓겨 급하게 책장에서 손에 잡히는 대로 얇은 책을 펴드는 날이 늘어나면서 자괴감에 시달리기도 했습니다. 이게 뭐 하는 짓일까 싶었지요. 그런데 두 달이 넘어가면서 조금씩 변화가 생기기 시작했습니다. 책 읽는 시간을 규칙적으로 확보하면서 계획적인 독서가 가능해지기 시작했습니다. 하루에 읽는 양은 그날의 일정에 따라 달랐지만, 매일 책을 펴서 읽는 습관이 생겼습니다.

이렇게 시작한 독서는 이전과는 다른 방식의 책읽기로 자리잡혀나갔습니다. 매일 책을 읽지만 그렇다고 해서 책을 억지로 읽는 것도 아니고, 의무적으로 읽는 것도 아닙니다. 책읽기가 그냥 삶의 일부가 되었다고나 할까요. 저에게 책읽기는 유일하게 지치지 않고 해나갈 수 있는 일입니다. 스스로 좋아서 하는 일이기 때문에 지치지 않고 해나갈 수 있었고, 책을 매개체로 사람들과 생각을 공유할 수 있게 되었습니다.

내겐 왜 책이어야만 했을까

책을 읽는 이유는 사람들마다 각자 다를 것입니다. 재미와 즐거움을 느끼기 위해 혹은 지식과 정보를 얻기 위해 책을 읽는 사람들도 있을 테고, 마음의 위안을 얻거나 기분 전환을 위해 책을 읽을 수도 있습니다. 저 역시 책을 매일 읽으면서 '나는 왜 책을 읽는가'라는 질문을 지속적으로 해왔습니다.

책을 읽는 목적은 조금씩 바뀌어왔습니다. 십대 때는 즐거움과 재미로서의 책읽기를 했습니다. 지금 생각하면 말도 안 되지만 초등학교 때는 오빠의 지난 학기 교과서를 가져와 겉표지를 뜯어 읽던 무협 소설에 씌워서 학교를 다녔습니다. 앞에서 보면 교과서처럼 보이게 하고 수업 시간에 소설을 읽었지요. 대학 때는 그 정도까지 성의를 보이지는 않았지만 쉬는 시간에 읽던 책의 뒷이야기가 너무 궁금해서 수업 시간에 교재 아래에 넣어두고 읽은 적은 있습니다. 맨 앞에 앉아 있다는 사실도 잊고 말이지요. 수업이 끝나고 교수님이 "뭘 그리 재미있게 읽니?"라고 물으셔서 얼마나 죄송했던지요. 수업 시간 몰래 읽을 수밖에 없었던 그 책들을 생각해보면 고전은 하나도 없습니다. 무협 소설, 역사 소설들이었지요.

지금은 이런 소설들은 읽지 않습니다. 관심사가 달라졌기 때문입니다. 제게 책이란 그즈음에 가장 원하는 것, 필요로 하는 것들의 대체물이었습니다. 십대 때는 도피처, 휴식처가 필요했던 모양입니다. 책을 통해 신나는 세계로 여행을 떠나길 원했다고나 할까요. 반면 사십대에 가장 필요했던 건 마음을 다스리는 일이었습니다. 내면을 단단하게 하고, 다른 사람들의 말에 쉽게 흔들리지 않는 나를 찾고 싶었습니다. 그래서 심리학책과 인문학책을 많이 읽었지요. 책은 답을 주었습니다. 아니, 책 안에 답이 있었다기보다는 책을 읽으면서 스스로 답을 발견했다고 하는 말이 더 정확하려나요? 그 순간의 삶에서 가장 필요하고 원하는 것을 내게 주는 것, 그게 바로 책이어야만 했던 이유라고 생각합니다.

사람들마다 각각 독서를 통해 추구하는 목적이 다를 것입니다. 독서를 통해 성공을 하거나 처세술을 배우거나 비즈니스에 도움을 얻고자 하는 분들도 있겠지요. 어떤 것을 얻을지는 자기 자신에게 달려 있습니다. 내가 무엇을 가장 원하는가에 대해서 스스로 들여다보는 일이 제일 중요합니다. 하지만 처음부터 이에 대한 명확한 답을 얻기는 쉽지 않습니다. 저는 처음에는 독서를 통해 지식을 쌓고 지혜를 얻고 싶은 마음이 컸으나, 책을 읽으면 읽을수록 점점 더 작아져가는 자신을 느꼈습니다. 읽지 않은 책이 너무나 많았고, 책을 읽는다고 눈에 띄게 큰 변화가 보이는 것 같지도 않았습니다. 이렇게 책을 읽을 시간에 뭔가 생산적인 일을 하는 게 낫지 않을까라는 고민을 오랫동안 하기도 했습니다. 책 읽는 데 많은 시간을 쏟아부으면서도 나만이 정체

되고 있다는 두려움이 있었습니다.

하루 한 권 읽기의 힘

독서 모임을 하면서, 그리고 하루 한 권 읽기를 시작하면서, '나는 내가 할 수 있는 일을 하면서 내가 가고 싶은 방향대로 살고 싶다'는 생각을 하게 되었습니다. 그리고 책읽기는 제가 할 수 있는 일이자 제가 가고 싶은 방향이었지요. 독서를 하면서 마음의 평화가 선물처럼 찾아왔습니다. 물론 언제 어느 때나 온전히 평온한 마음이라고는 할 수 없지만, 10여 년 전과 비교해보면 놀랄 만큼의 변화라고 할 수 있습니다. 그 전에는 누군가 내 잘못을 지적하거나, 사실과 다른 이야기를 하거나 일을 축소해 말을 하면 크게 억울해하고 힘들어했습니다. 사람에 대한 미움이나 원망도 많았습니다. 이전에는 무언가 서운한 게 있으면 근원부터 시작해서 무엇이 왜 서운한지에 대해 있는 대로 꺼내놓으며 억울함을 되새기곤 했습니다. 요즘은 그냥 그 사건만 들여다봅니다. 과거의 해묵은 감정을 끌고 나오지 않습니다. 그러면서 모든 일을 좀 더 뒤로 물러서서 바라볼 수 있게 되었습니다. 타인에 대한 원망을 내려놓고, 내 단점들을 있는 그대로 수용하고, 타인을 쉽게 단정 짓지 않기 위해 노력하게 되었습니다. 내가 가진 것을 나누고 함께할 시간도 부족한데 좋지 않은 감정들에 계속해서 나를 맡길 수는 없다는 깨달음 때문입니다.

또 하나의 변화는 나 자신의 부족한 부분을 바라보는 시각입니다. 나의 단점을 조금씩 있는 그대로 받아들이는 마음이 생기기 시작했습니다. 그러면서 단점을 새롭게 장점처럼 받아들이게 되었습니다. 한동일의 『라틴어 수업』에서 저자는 어제의 장점이 오늘의 단점이 되고 오늘의 단점이 내일의 장점이 될 수도 있다고 말합니다. "장점과 단점을 구분하는 것이 아니라 어떤 환경에서든지 성찰을 통해 자신의 가능성을 발견하고, 내면의 땅을 단단히 다지고 뿌리를 잘 내리고 나면 가지가 있는 것은 언제든 자란다"는 말에서 깨달음을 얻었습니다. 시각이 달라지면 모든 게 바뀔 수 있습니다. 왜 저에게는 책이어야만 했는지에 대한 충분한 설명이 되었을지 모르겠습니다.

이렇게 책을 읽고 있습니다

매일 읽기

각자 독서를 하는 자기만의 방법이 있을 텐데요. 저도 몇 가지 독서 원칙을 가지고 있습니다. 첫 번째는 '매일 읽기'입니다. 책읽기를 좋아하는 분이라면 독서가 쉬운 일이라고 생각할 수도 있습니다. 하지만 규칙적인 독서 습관이 갖추어져 있지 않다면 지속적으로 책을 읽기란 의외로 쉽지 않습니다. 시간이 나면 읽고, 시간이 없을 때는 안 읽게 되기 때문이지요. 저는 8년 전 독서 모임을 시작하면서 책을 본격적으로 읽기 시작했는데 이때만 해도 책을 아주 많이 읽는 편은 아니었습니다. 보통 한 달에 네 권 정도 읽었습니다. 그러다 모임에서 사람들이 읽었던 책 중 좋았던 책들을 추천해주면 이를 받아 적어두었다가 읽어보게 되었습니다. 이런 식으로 매달 읽고 싶은 책의 리스트들이 계속 쌓여갔지요. 하루에 책을 읽는 시간을 정해서 규칙적으로 읽었는데 여유 시간이 날마다 조금씩 달랐습니다. 목표를 가지고 시작하는 게 좋을 것 같아, 천 권의 후기를 쓰는 걸 목표로 삼았습니다. 긴 시간을 투자해야 하는 과정이라서 목표가 있는 게 좋다고 생각했지요. 천 권의 후기를 쓰는 데까지는 꼬박 5년이 걸렸습니다. 이걸 이룰 수 있었던 가장 큰 원동력이 바로 '매일 읽기'였습니다.

완독에 얽매이지 않기

저의 두 번째 독서 원칙은 '완독에 얽매이지 않기'입니다. 책을 많이 읽기는 하지만 항상 열심히 읽지는 않습니다. 여기서 '열심히'라는 말의 뜻은 모든 책을 꼼꼼하게 읽지는 않는다는 의미입니다. 책을 부담 없이 매일 읽을 수 있었던 요인 중 하나는 완독에 대한 부담감이 없어서였습니다. 완독에 얽매이게 되면 독서가 부담스러워질 수 있습니다. 중요한 부분은 좀 더 꼼꼼하게 읽고, 건너뛰어도 되는 부분은 넘겨가면서 읽었습니다. 끝까지 읽지 못한다 해도 크게 상관하지 않았습니다. 책의 분야로 나누어서 생각해보자면 비문학의 경우는 건너뛰어 읽어도 책의 내용을 이해하는 데 크게 상관이 없는 경우가 많습니다. 그리고 읽기 전 목차를 보면 책의 전체적인 내용을 파악할 수 있지요. 어느 정도 글의 진행 방향을 이해하고 책을 읽으면 더 빨리 읽을 수 있다는 장점도 있습니다. 경우에 따라서는 처음부터 순서대로 읽지 않고 목차를 보고 중요한 챕터를 먼저 골라 읽기도 했는데, 완독에 대한 부담이 없으니 그렇게 할 수 있었던 것이지요. 제 주변에는 읽고 있는 책을 다 읽어야만 다른 책으로 넘어갈 수 있다는 분들도 많은데, 저는 원래 여러 권을 동시에 읽는 방식에 별 거부감이 없었습니다.

읽은 책은 기록으로 남기기

세 번째 독서 원칙은 '읽은 책은 기록으로 남기기'입니다. 개인 블로그와 독서 모임 카페에 후기를 올리고 있습니다. 매일 쓰기 때문에 너무 자세하게 혹은 꼼꼼하게 기록하지는 않습니다. 인상적인 문장들을 발췌하고, 느낀 점을 간략하게 기록합니다. 발췌를 처음 시작했던 이유는 단순했습니다. 책을 읽는 권수가 늘어나면서 이를 기록하지 않으면 기억이 나지 않았기 때문입니다. 발췌를 하다보니 시간이 많이 걸리기는 했지만 확실히 기억은 오랫동안 남더군요.

다양하게 읽기

사람에 따라 독서에 대한 원칙과 방법은 다를 것입니다. 하지만 공통적으로 적용되는 말은, 시간은 유한하고 제한되어 있으니 좋은 책을 골라 읽어야 한다는 것입니다. 저도 이 말에 충분히 공감합니다. 고전처럼 몇 백 년, 길게는 수천 년이 지나도록 읽히는 책이라면 충분히 검증된 책이니

주저 없이 고를 수 있습니다. 그런데 독서를 즐겨 하는 분들 중에서도 독서 편향이 있는 분이 많다는 사실을 알게 되었습니다. 예를 들어 소설을 전혀 읽지 않는 분도 있고, 이와 반대로 소설만 읽는 분도 있습니다. 소설을 읽는다고 해도 마찬가지의 편향이 존재했습니다. 특정한 장르의 소설은 전혀 읽지 않는 분도 있습니다. 독서란 자신의 정신세계를 넓혀나가는 과정인데, 독서 편향은 이를 가로막습니다. 그래서 저는 장르나 분야에 무관하게 책을 읽어보기로 결심했습니다. 그렇기에 저의 네 번째 독서 원칙은 '다양하게 읽기'입니다.

나만의 최적 독서법 찾기

책을 읽는 과정에서 몇 가지 적합한 독서 방법을 찾게 되었습니다. 모든 사람의 성격이 다르듯이 독서 방법 또한 다양하며 각자 자신에게 맞는 방법을 스스로 찾아나가는 과정이 중요합니다. 저는 '다시 읽기', '빠르게 읽기', '깊이 읽기'라는 세 가지 방법을 혼용하며 책을 읽습니다.

특별히 좋았거나 여운이 길게 남았던 책들은 다시 읽기를 합니다. 좋은 책은 여러 번 읽을수록 새로운 의미를 가져다줍니다. 특히 다시 읽는 간격이 길면 길수록 다시 읽는 즐거움도 커집니다. 저는 개인적으로 일 년 이상의 간격을 두는 게 좋았습니다. 시간 간격을 두고 하는 독서는 처음 책을 읽었던 '나'와 지금 책을 읽는 '나'가 무엇이 달라졌는지 자각하게 해줍니다. 이전의 독서에서 내가 알고 있지 못했던 작품이나 작가들, 여러 지식들이 다음번의 독서에서는 익숙하게 다가오면서, 그 사이에 나의 앎의 경계가 더 넓어졌음을 깨닫게 됩니다. 정신의 새 그물은 새로운 내용을 길어 올립니다.

얼마 전부터 재독을 하면 처음 읽고 썼던 후기를 읽어보는 습관이 생겼습니다. 후기를 비교해보며 예전과 다르게 느낀 점을 찾아봅니다. 별반 달라지지 않은 책도 있고, 느낌이 확 달라진 책도 있습니다. 재독했을 때는 다르게 느꼈던 점에 주목해 기록을 합니다. 늘 그런 것은 아니지만 대부분은 첫 번째 읽었을 때보다 재독할 때가 더 좋았습니다.

신간을 읽는 방법

신간을 읽을 때는 '빠르게 읽기'와 '깊이 읽기'를 병행하는 편입니다. 모든 책을 다 빠르게 읽는 것은 아니고, 마찬가지로 읽는 책들을 다 깊이 읽지는 않습니다. 빠르게 읽는 책과 깊이 읽는 책이 따로 있다고 말하기는 어렵고, 그 기준을 명확하게 나눌 만한 확고한 틀이 있는 것도 아닙니다. 빠르게 읽기를 하는 이유는 깊이 읽기로 나아가기 위한 중간 단계라고 볼 수 있습니다. 크라센은 『읽기 혁명』에서 "가벼운 책읽기는 더 깊이 있는 책읽기로 가는 교량 역할을 하고, 더 많은 책을 읽도록 동기를 부여하고 더 어려운 책을 읽을 수 있는 언어 능력을 키워준다."라고 말합니다. 폭넓게 자율적인 독서를 하며 다양한 책을 많이 읽게 되면 서서히 독서의 관심 분야는 넓어질 수밖에 없습니다. 저는 편향된 독서를 하지 않기 위해 다양한 책을 읽는 방법으로 빠르게 읽기를 선택합니다. 하지만 빠르게 읽기만 반복한다면 독서의 즐거움과 의미를 놓칠 수 있습니다. 그래서 한편으로는 깊이 읽기를 할 책들을 골라 보다 꼼꼼하게 읽습니다.

매리언 울프는 『다시 책으로』에서 아이들의 깊이 읽기 능력을 어떻게 길러줄 수 있는가에 대해 이야기합니다. 작가는 요즘 아이들의 문해력이 떨어지는 이유는 디지털 읽기 중심의 '가볍게 읽기' 방식이 많아지면서 읽기 능력이 퇴화하고 있기 때문이라고 지적하는데요. 그 대안으로 '양손잡이 읽기 뇌'를 구축해주는 것이 필요하다고 이야기합니다. 좋은 책들을 잘 골라내어 깊이 읽기를 통해 세상을 바라보는 시각을 새롭게 정립하고 이해의 폭을 넓혀갈 수 있어야 합니다. 이 책에서 소개하는 문학 작품들 역시 깊이 읽기를 통해 인간과 삶에 대한 탐구를 이어나가면 좋겠습니다.

완독을 꼭 해야 할까

독서 모임을 하다보면 완독에 대한 부담감을 가지시는 분들을 자주 만납니다. 책을 끝까지 읽지 않고 다른 책으로 넘어가는 게 마음에 걸려서 여러 권의 책을 읽기가 힘들다고 합니다. 그러다보면 한 권을 한 달 내내 읽는 일도 생깁니다. 다독을 주장하는 분들은 이런 성향을 벗어나라고 주장합니다.

『1만 권 독서』의 저자 인나미 아쓰시는 '정독의 저주'라는 단어를 사용합니다. 물론 이 책의 저자는 일반 독자는 아니므로 예외적이긴 합니다. 직업적으로 서평을 쓰는 저자는 한 달에 60권을 읽고 매일 서평을 쓴다고 합니다. 장기간에 걸쳐 정독을 하면 단위 시간당 독서의 밀도가 낮아져서 전체적인 이해도도 떨어질 수 있습니다. 아무리 오랜 시간을 들여 책을 읽었다고 해도 한 번 읽고 책의 내용을 모두 기억하기는 어렵습니다. 한 권의 책을 일주일에 걸쳐 정독하더라도 한 달이 지나면 대부분의 내용을 기억하지 못한다는 말에 공감이 갑니다. 저도 늘 그러하니까요. 그렇기에 저자는 한 권의 내용을 모두 흡수할 때까지 책을 붙잡고 있지 말고 많은 책을 읽어 독서의 밀도를 높여가는 것이 필요하다고 주장합니다.

문해력은 완독과 관계 없다

책을 이해하기 위해서는 문해력이 필요합니다. 그런데 이러한 문해력을 갖추는 것은 하루아침에 이루어지지 않습니다. 오랫동안 독서를 하면서 쌓아가야 하는 능력입니다. 그런데 완독에 너무 매달리면 이 과정이 지연되겠지요.

이분법적으로 나누는 건 아니지만 대체로 정독을 하시는 분들이 완독해야 한다는 의무감을 가지는 편이고, 다독을 하는 분들이 완독에서 좀 더 자유로워 보입니다. 저는 어떤 편이냐고요? 저 역시 완독을 꼭 해야 한다고 생각하지 않습니다. 실제로 완독을 하지 않는 책도 많습니다. 반드시 완독해야겠다는 생각을 내려놓고, 다 읽지 못해도 괜찮다고 생각합니다. 완독을 하냐 하지 않느냐의 문제보다는 책의 메시지를 정확히 이해하는 데 더 주력합니다. 주제를 파악하려면 완독을 해야만 가능하다고요? 꼭 그렇지는 않습니다. 책의 종류에 따라 다르지만 비문학의 경우 몇몇 장은 건너뛰어도 책의 내용을 이해하는 데 크게 상관이 없습니다. 그리고 대체로 중요한 이야기는 (늘 그런 건 아니지만요) 책의 전반부에 나오기도 합니다.

비문학의 경우, 읽기 전 목차를 보면 책의 전체적인 내용을 파악할 수 있습니다. 어느 정도 글의 진행 방향을 이해하고 책을 읽으면 더 빨리 읽을 수 있습니다. 때에 따라서는 처음부터 순서대로 읽지 않고 목차를 보고 중요한 챕터를 먼저 골라 읽어도 무방한 책도 있습니다. 하지만 소설의 경우는 전혀 다른 문제입니다. 소설은 완독을 하지 않으면 내용을 이해했다고 말할 수 없습니다. 소설은 끝까지 읽지 으면 저자의 의도를 파악하기 어렵습니다. 문학은 처음, 중간, 끝이 모두 중요합니다. 특히 결말에서 주제의식이 발현 되는 경우가 많기 때문에 마지막까지 긴장감을 놓지 않고 읽어야 합니다. 만약 소설을 중간까지만 읽고 건너뛰어 맨 마지막만 읽었다면 제대로 읽었다고 할 수 없을 뿐더러 문학을 읽는 이유에서도 크게 벗어나겠지요.

완독, 꼭 해야만 할까요? 이 질문에 답을 하기 위해 몇 가지를 나누어 생각해봅시다. 먼저 생각할 문제는 '읽는 행위와 이해하는 과정이 동일한가?'라는 점입니다. 완독이 중요하려면 책을 끝까지 읽는 행위가 그 책을 온전히 이해한다는 전제조건이 되어야 합니다. 하지만 실제로는 그렇지 않습니다. 책을 이해하는 문해력은 개인의 독서력에 따라 차이가 날 수 있습니다. 책을 끝까지 읽는다고 해도 그 책을 제대로 이해하지 못하는 경우도 있습니다.

또한 완독이라고 다 같은 완독이 아닐 수도 있습니다. 완독을 했다고 해도 한 줄 한 줄 꼼꼼하게 읽은 책도 있고 가볍게 페이지를 넘기듯이 읽은 경우도 있습니다. 장을 넘기듯이 읽는 경우는 크게 두 가지인데 비슷한 내용이 많아서 넘어가며 읽어도 되는 경우, 반대로 너무 모르는 내용이 많아서 꼼꼼하게 읽어도 이해가 어려운 경우입니다. 읽는다고 한들 머리에 들어오지 않고, 겨우 머리에 들어왔다 한들 오래가지 않습니다.

독서 능력에서 중요한 건 문해력의 획득이라고 생각합니다. 그러기 위해서는 기본적인 독서 능력을 쌓아야 하는데, 완독에 너무 매달리면 그 자체가 장애물이 될 수 있습니다. 완독을 하는가 하지 않는가도 중요하지만 책에서 말하고자 하는 바가 무엇인가를 파악하는 능력을 키우는 일이 더 중요합니다. 그래서 저는 되도록 완독에 대한 부담감을 내려놓으라고 말합니다.

문학이 내게 준 선물

국문과를 졸업했다고 하면 가끔 소설을 쓰냐는 질문을 받곤 합니다. 그럴 때면 소설을 쓰는 게 아니라 소설을 읽는 게 일이라고 답을 했습니다. 책 읽는 것을 좋아해서 국문과에 진학했던 저는 창작을 못한다는 사실에 위축이 되곤 했습니다. 소설 전공자로서 오랫동안 문학을 공부했지만 그렇다고 특별히 소설을 잘 해석하지는 못합니다. 그냥 다른 사람보다 소설 읽기를 좋아한다고나 할까요. 그럼에도 여전히 읽고 나서 '도대체 왜 이런 내용을 썼지?' 이해가 안 되는 경우도 많고, 진도가 나가지 않아 페이지를 다시 앞으로 넘겨 읽는 경우도 많습니다. 그러다가 마음에 와 닿는 소설을 읽을 때면 가슴이 벅차 울컥하기도 합니다.

대학원 시절 소설을 분석하는 일을 썩 좋아하지 않았습니다. 소설을 읽는 것을 좋아했기 때문에 그저 순수하게 독자로서 읽는 즐거움을 누리는 게 좋았습니다. 소설을 분석하기 위해서는 내용을 가르고 나누는 과정을 거쳐야 합니다. 문장 하나하나의 의미와 상징을 해석해나가며 책을 읽다보면 어느새 읽는 기쁨은 사라지고 마는데, 그럴 때면 마치 작품은 수술대 위에서 처치를 기다리는 환자처럼 놓여 있다는 생각이 들어 서글퍼질 때도 있습니다.

그래서 당시에 소설 분석을 할 때면 맨 처음 독서는 그냥 아무 생각 없이 즐겁게 했습니다. 두 번째부터는 작품의 의미를 생각해가면서 읽었습니다. 첫 번째 읽기에서 즐거움을 최대한 누린 후 이 과정이 끝나면 마음을 다잡고 '자, 작가는 이 소설을 왜 썼을까?'를 찾아내기 위해 신경을 집중하여 소설을 다시 되짚어 읽곤 했지요.

대학 시절 문학 비평 이론 중 인상 깊었던 것이 있습니다. 문학에는 '의의'와 '의미'가 각각 존재한다는 내용이었는데요. '의미'란 작가가 소설을 통해 구현해놓은 주제를 말합니다. 모든 작가는 작품을 통해 드러내고 싶어 하는 주제가 있습니다. 작가에 따라 이를 노골적으로 드러내기도 하고, 감추어두기도 합니다. 독자는 작품을 읽으며 작가가 어떤 의도로 작품을 썼는지를 해석해나갑니다.

반면 '의의'란 작품이 시대나 상황, 독자에 따라 다르게 구현될 수 있음을 뜻합니다. 작품을 읽는 개별적인 독자가 자기 스스로 작품의 의미망을 채워나가는 것입니다. 따라서 독자의 개별적인 해석이 중요합니다. 그런 점에서 저는 문학 작품은 독자마다 해석하기 나름이라고 생각하는 편입니다. 무언가 정해진 대로 작품의 의미를 해석할 필요는 없으며, 자신에게 다가오는 대로 받아들여 이해해도 괜찮다고 생각합니다.

저는 이제 일반 독자의 위치에서 작품을 읽습니다. 물론 독서 모임을 준비하거나 독서 후기를 쓰기 위해서는 내가 읽은 독법이 과연 맞는 것인지, 작가의 의도는 어떤 것인지, 다른 사람들은 이 책을 읽고 어떻게 평가를 했는지, 비평가는 어떤 평을 하였는지 살펴보게도 됩니다. 하지만 정답은 없습니다. 나와 비슷하게 느끼며 읽은 사람들도 있지만 전혀 다른 시선으로 읽은 사람들도 있습니다. 문학의 묘미는 바로 여기에 있다고 생각합니다. 모두가 다 같은 방향으로 읽어내려간다면 오히려 의미는 반감됩니다. 서로 각자의 해석으로, 다가오는 대로 이해하면 작품의 의미는 더 풍성해집니다. 다양하게 해석될 여지가 많은 작품일수록 좋은 작품이라고 생각합니다. 하지만 저자가 작품을 통해 말하고자 하는 의도가 중심이 되어 의미가 확장되는 것이 좋겠지요.

여전히 저는 소설 읽는 게 좋습니다. 소설이 아니라면 제가 경험해보지 못했던 이들의 아픔과 슬픔, 처연함을 어디에서 느낄 수 있을까요. 소설 속 주인공들은 나의 선생님이자, 친구이며, 먼저 인생을 살아나간 선배이기도 합니다.

다시
문학이
필요한
시간

문학을 읽지 않는 사람들

몇 년 전 실용독서의 중요성을 강조하는 강연을 들은 적이 있습니다. 강사님이 워낙 입담이 좋으셔서 웃어가면서 강연을 들었지만 시종일관 문학은 읽을 필요가 없다는 발언을 해서 강연 내내 상당히 불편했던 기억이 있습니다. 그분의 주장은 이러했습니다. "문학은 어렸을 때는 읽어야 하지만 어른들은 읽을 필요가 없다" 그 이유에 대해서 객관적인 근거를 제시했다면 '그래, 그럴 수도 있지.' 라고 생각했을 텐데 개인적인 경험을 바탕으로 한 주장이어서 공감하기 어려웠습니다. 예를 들어 문학은 주제도 없고 교훈도 없어서 읽을 필요가 없으며, 끝이 궁금해서 중간은 건너뛰고 결말부터 확인하는데 다시 앞으로 돌아오면 당최 읽을 맛이 안 난다고 했습니다.

문학에 주제도 없고 교훈도 없다니요. 그 말을 들으면서 왜 그런 생각을 하는 것인지 궁금했습니다. 또 결말이 궁금해 책을 읽으면서 중간은 건너뛰고 결말부터 먼저 읽는다고요? 그렇다면 애초에 왜 문학을 읽으려고 한 걸까요? 문학이란 결말로 향해가는 과정 안에 무수하게 연결되어 있는 사건과 의미망 속에 역동적으로 존재한다는 사실을 깨닫지 못하는 것일까요? 듣는 내내 안타까운 마음이 들기도 했습니다.

문학이 삶에 도움이 안 된다고 말하는 이들에게

저 역시 독서 모임을 하면서 소설은 읽지 않는다는 분들을 여럿 만나보았습니다. 독서의 비중에서 문학이 차지하는 비율이 가장 높은 저로서는 그분들이 왜 그렇게 생각하는지 궁금했습니다. 그래서 여쭤보았더니, 이런 말씀을 하시더군요. 문학을 읽는 건 시간낭비라고요. 문학을 읽는다고 해서 실제 삶에 도움이 되는 게 없다는 이유였습니다. 또 소설은 끝까지 읽어도 무엇을 말하려고 하는지 이해하기가 어렵다는 의견도 있었습니다. 인물의 행동에 대해서 정확한 이유가 나오지 않는 경우도 많아 읽고 나면 답답한 기분이 든다고 하였습니다. 참고 끝까지 읽으면 그래도 무언가 답이 나올 줄 알았는데 작가가 명확하게 알려주지 않으니 답답한 노릇이라는 거지요. 그래서 문학 읽기는 너무 어렵다고 합니다. 다른 사람이 읽고 좋았다고 추천해서 읽었는데 내용을 이해하기가 어려웠던 적도 있었다고 합니다. 역사적으로 보아도 소설을 읽지 않았다는 사람들도 있습니다. 로마의 황제였던 네로는 "소설은 쓰는 사람에게나 재미있는 것이지 읽는 사람에게는 그렇지 않다"며 자신은 소설을 읽지 않는다고 말했다고 합니다. (아마도 네로는 소설을 써본 적이 없었나봅니다. 소설을 쓰는 게 재미만 있을까요? '창작의 고통'이란 말을 들어보지 못한 게 아닐까 추측해봅니다.)

읽어도 정확한 메시지가 무엇인지 알 수 없어 시간낭비

로 느껴진다는 말을 종합해보자면 "문학은 이해하기 어렵다"라는 명제로 귀결이 됩니다. 문학이 어렵다고 느껴지는 이유는 무엇일까요? 네. 맞습니다. 작가가 작품 안에서 명확한 답을 주지 않기 때문입니다. 이게 문학과 비문학의 가장 큰 차이 중 하나입니다. 보통의 비문학책들은 저자가 책 안에서 명확한 주장을 합니다. 처음부터 분명한 가이드라인을 제시해주고, 독자는 그 바운더리 안에서 정해진 주제를 따라 독서를 하면 됩니다. 내용의 깊이에 따른 난해함은 있을 수 있겠지만 정해진 범위 안에서 이해를 할 수 있습니다. 반면 문학은 읽기 시작해도 명확하게 다가오는 게 없습니다. 의미를 이해하기 어려운 공백도 많습니다. 작가는 우리에게 답을 정해주지 않습니다. 오히려 우리에게 "자, 이런 상황에서 너라면 어떻게 할 거야?"라고 질문을 던집니다. 이 질문에 답을 찾아야 하는 사람은 바로 독자입니다.

행간의 의미를 읽는다고?

문학이 어렵게 느껴지는 또 하나의 중요한 이유는 문학을 구성하는 언어의 특징 때문입니다. 문학적 언어는 흔히 시적 언어라고 하는데 일상적인 언어와는 차이가 납니다. 일상적인 언어는 사물을 직접 지시하고 일대일로 대응해서 표현을 하니 그 이면의 뜻을 헤아리기 위해서 깊게 생각할 필요가 없습니다. 그런데 문학적 언어는 사전적 언어와 다른 의미를 내포할 때가 많습니다. 표면적 의미 이상의 상징적인 뜻을 담고 있거나 다른 사물을 비유적으로 표현하고 있기도 합니다. 우리가 흔히 '행간의 의미를 읽는다'라고 표현하는, 표면적 의미 이상의 내포된 의미를 찾아야 합니다. 주제는 또 어떠한가요? 문학이 다루는 주제들은 대체로 한마디로 답을 해주기 어려운 것들이 많습니다. 삶의 의미, 인간의 본성, 신과 종교, 선과 악 등 명확한 답이 없거나 결론을 내리기 어려운 내용들을 다룹니다. 이처럼 문학은 주제를 독자들에게 전달하는 방식이 비문학과는 상당히 다릅니다.

사람들은 각자 살아온 경험을 바탕으로 세상을 이해하려고 합니다. 자신의 인식 세계 너머를 들여다보기가 상당히 어려운 것입니다. 문학 읽기는 이를 이해할 수 있는 길을 열어줍니다. 문학이 다루는 주제는 우리가 살면서 한번쯤 생각해보아야 할 근원적인 문제들입니다. 만약 이 문제들이 불편하게 와 닿는다면 그건 한번도 접해보거나 생각해보지 않았기 때문일 수 있습니다. 작가는 독자에게 이 문제를 함께 고민해보자고, 한번 더 생각해보자고 말을 건넵니다. 그럼 여러분은 도대체 답은 어디에서 찾아야 하냐고 묻겠지요. 네, 답은 어떻게 찾아야 할까요? 바로 책을 읽는 우리 스스로가 찾아야 합니다. 그렇기 때문에 문학의 의미는 고정되어 있거나 단일하지 않습니다. 다양한 함의를 담게 됩니다. 그런데 이러한 과정은 우리가 책을 읽는 목적 자체와 맞닿아 있습니다. 흔히 책 속에서 길을 찾는다는 말을 합니다. 이 말은 무슨 의미일까요? 책을 등대 삼아, 우리 인생의 길을 찾아나가는 것을 의미합니다.

문학이 진짜 빛나는 이유가 무엇이라고 생각하시나요? 소설은 구체적인 상황과 인물을 설정해 독자로 하여금 나와 타인의 역할을 바꾸어서 들여다볼 수 있게 해줍니다. 소설을 읽다가 만약에 내가 주인공이었다면 이 상황에서 나는 어떻게 했을까를 자연스럽게 생각해본 적이 한번쯤 있으실 겁니다. 다른 사람의 입장이 되어보는 일을 가능케 해주는 게 바로 문학의 역할 중 하나입니다. 작가는 구체적인 문제 상황을 독자에게 제시해주고 우리로 하여금 문제에 대해 다양하게 생각해보게 합니다. 인간과 세상에 대해 질문을 하고 답을 찾아나가는 일, 문학 읽기를 통해 우리가 누려야 할 과정이라고 생각합니다.

우리가 문학을 읽어야 하는 이유 : 1
공감 능력을 쌓기 위해

인류가 지금까지 발전할 수 있었던 이유 중 하나는 공감을 기반으로 이루어지는 상호 협력 덕분입니다. 공감이란 다른 사람의 경험, 즉 타인의 아픔과 고통에 반응하고 이해하는 감정을 뜻합니다. 그런데 인간의 뇌는 분석을 하는 능력과 공감을 하는 능력을 동시에 실행시킬 수 없습니다. '왜 그럴까?'라고 논리적으로 생각하는 순간 공감 능력이 떨어지기 때문입니다. 반면 사람의 감정을 공유할 때는 분석 능력이 떨어지게 됩니다. 두 가지의 뇌 패턴이 동시에 존재하지 못하는 것입니다.

어릴 적부터 공감 능력이 상당히 떨어지는 편이었던 저는 친구 관계를 맺고 유지하는 게 쉽지 않았습니다. 슬픈 일을 겪거나 힘들어하는 친구들을 공감해주고 위로해주는 일도 서툴렀지요. 문제를 해결하기 위해 대안을 제시해주는 일은 수월했는데, 사람들은 이보다는 그냥 들어주기를 원한다는 사실을 잘 몰랐습니다. 반면에 현상에 대해 분석하고 왜 그러한지 이유를 궁금해하고, 근거를 제시하며 결론으로 이끌어가는 과정은 좋아했습니다. 공감 능력이 부족한 편인 제가 성장하면서 공감 능력을 쌓을 수 있었던 이유는 전적으로 어린 시절부터 문학을 읽어왔기 때문이라고 생각합니다.

손원평의 소설 『아몬드』의 주인공 윤재는 편도체가 보통 사람들보다 작아 감정을 느끼지 못하는 소년입니다. 그래서 적절한 반응을 하기가 쉽지 않았죠. 엄마는 윤재에게 상황에 따른 매뉴얼을 적어주고 외우게 해서 행동하게 합니다. 윤재가 사람들의 감정을 이해하게 된 건 책을 통해서입니다. 윤재는 서점을 운영하시는 엄마로 인해 자연스럽게 독서의 세계로 빠져들었고, 자신은 느끼지 못하는 감정들을 책을 통해 이해하게 됩니다. 윤재 정도까지는 아니지만 저도 어릴 적 소설을 읽으며 주인공의 상황과 인물이 느꼈을 감정을 상상해보곤 했습니다. 소설에서 인물이 처한 상황에 몰입하여 빠져들면서 그 사람의 감정을 더 깊게 느낄 수 있었습니다.

만약 어릴 때 소설을 많이 읽지 않았더라면 어땠을까요? 분석적인 성향이 더 발달했을지도 모르겠습니다. 논리적으로 생각하는 순간 공감 능력이 떨어지고 감정을 공유하는 순간 분석 능력이 떨어진다면, 이 둘을 조화롭고 균형 있게 유지하려면 어떻게 해야 할까요? 논리적이며 공감 능력이 떨어지는 사람은 문학을 읽어서 공감 능력을 확장시켜나가고 반대로 분석 능력이 떨어지는 사람은 논리적인 글인 철학, 과학 분야의 책을 읽어서 분석 능력을 키워나가는 게 좋습니다. 이성적인 사람일수록 문학 작품을 많이 읽는 게 필요합니다. 문학은 기본적으로 타인의 슬픔과 기쁨, 아픔과 고통을 이해하기 위해 다가가는 교본과도 같습니다. 문학을 읽는 일은 타인에 대한 공감 능력을 키울 수 있는 가장 좋은 방법입니다. 등장인물과 동일화를 경험하게 되면 다양한 감정을 마주할 수 있기 때문이지요.

　타인의 입장에서 생각하는 일은 생각보다 쉽지 않습니다. 누구나 자신의 입장을 먼저 생각하기 때문입니다. 누군가를 이해한다는 것은 그 사람의 입장이 되어보는 일입니다. 하퍼 리의 『앵무새 죽이기』에서는 아버지가 딸 스카웃에게 다른 사람을 이해하는 방법에 대해 이렇게 조언을 해줍니다. "무엇보다도 간단한 요령 한 가지만 배운다면 모든 사람들과 잘 지낼 수 있어. 누군가를 정말로 이해하려고 한다면 그 사람의 입장에서 생각해야 하는 거야. 말하자면 그 사람 살갗 안으로 들어가 그 사람이 되어서 걸어 다니는 거지." 정말 멋진 말이라서 꼭 기억하고 싶었던 구절입니다. 이처럼 대상에 대한 이해가 공감의 첫 단계입니다. 문학은 우리를 그 길로 이끌어줍니다.

저는 작가의 자전적 이야기가 담겨 있는 소설을 좋아합니다. 소설은 허구라고 하지만 아무리 허구라고 해도 작가의 경험이 녹아들어가기 마련이지요. 특히 자전적 소설은 작가가 살아온 삶의 궤적을 읽으며 감동을 느낄 수 있습니다. 이십대 때 아주 인상 깊게 읽었던 책 중『마틴 에덴』이라는 잭 런던의 자전적 소설이 있습니다. 마틴 에덴이 보여주었던 에너지와 의지로 인한 전율감이 아직도 생생합니다.

잭 런던은 1908년『강철군화』라는 작품을 통해 파시즘

의 도래를 예언하며 유명해진 작가인데, 『마틴 에덴』에는
잭 런던이 어떻게 작가로서 최고의 위치에 올라서게 되었
는가에 대한 내용이 생동감 있게 쓰여 있습니다. 마틴 에덴
은 고등교육을 받지 못한 선박 노동자였습니다. 우연한 기
회에 그는 루스와 그의 오빠를 구하고, 루스의 집에 저녁
식사를 초대받습니다. 그는 태어나서 처음 접하는 상류층
의 세계에 압도당하고, 루스를 사랑하게 되면서 그녀에게
걸맞은 사람이 되기로 결심합니다. 그가 선택한 방법은 작
가가 되는 것이었습니다. 마틴은 먹고 자는 시간까지 아껴
가며 해양 소설과 모험 소설 등을 써서 출판사와 잡지사에
보냈지만 하나도 실리지 않습니다. 그 과정이 치열하고 상
세하게 드러나 있습니다.

우리는 소설 속 인물의 삶을 통해 인생을 배웁니다. 삶이
란 즐거움과 기쁨만 존재하지 않으며 고난과 시련도 함께
합니다. 고통과 기쁨, 열정과 분노, 갈망과 울분 등 삶에서
경험할 수 있는 다채로운 여정을 친구의 이야기를 듣듯이
소설 속에서 접할 수 있습니다. 그런 점에서 소설은 인생의
다양한 경험들이 녹아 있는 장르입니다. 우리는 삶에서 질

문을 가지고 살아갑니다. 바로 '어떻게 살 것인가'라는 질문입니다. 이 질문에 답을 해야 하는 사람은 바로 우리 자신입니다.

제가 인생을 어떻게 살아야 할 것인가에 대해 영향을 많이 받았던 책이 있습니다. 바로 서머싯 몸의 『면도날』입니다. 이 소설에서 서머싯 몸은 래리라는 인물의 이야기를 전달해주는 사람으로 등장합니다. 래리는 돈과 안정된 직장, 결혼 생활 등을 포기하고 신과 인생의 의미를 탐구하러 전세계를 돌아다니는 인물입니다. 래리는 작가 서머싯 몸의 또 다른 자아, 혹은 이상적인 자아의 모습으로도 볼 수 있습니다. 래리는 미국으로 돌아가서 "인내를 갖고 평온하게, 자비롭게, 욕심 없이 그리고 금욕적으로" 살겠다고 말합니다. 안정적인 현실을 버리고 자신이 찾고자 하는 구원의 길을 떠나는 래리의 모습을 보면서 저 역시 앞으로 삶에서 어떤 길을 가야 할까 깊게 고민해보는 계기가 되었습니다.

백신과도 같은 역할

예전에 연달아 읽었던 소설들의 결말이 모두 비극으로 끝나서 기분이 가라앉았던 적이 있습니다. 당시에 읽었던 소설의 결말은 이러합니다. 도리스 레싱의 「19호실로 가다」에서 주인공 수잔은 자신의 정체성을 고민하다가 자살을 하며, 다자이 오사무의 『인간실격』에서 요조는 다섯 번이나 자살을 시도합니다. (소설에서는 요조가 정신병원에 가는 걸로 끝나지만 작가인 다자이 오사무는 자살로 생을 마감합니다.) 나쓰메 소세키의 『마음』에서 선생님은 자살을 선택하며 오랫동안 품어왔던 K에 대한 자책감을 털어냅니다.

도대체 소설의 세계에는 왜 이렇게 비극적 결말이 많은 걸까요? 소설은 누군가의 실패담에 대한 이야기가 많습니다. 비극적 이야기가 우리에게 주는 효용은 무엇일까요? 우리는 소설을 읽으며 등장인물이 겪는 비극적 상황이 만약 나에게 일어난다면 어떻게 될까? 라는 질문을 던져보게 됩니다. 또한 인물이 겪는 상황에 비추어 내가 겪는 불행은 아주 작고 견딜 만하다고 생각하기도 합니다. 타인의 비극을 보며 지금의 내 현실에 감사함을 가질 수도 있습니다.

비극적 내용을 담고 있는 이야기들을 왜 읽어야 하냐고 묻는 분들도 있습니다. 세상에서 좋은 것만 보고 살아도 충분한데 왜 그런 불운한 내용을 읽어야 하냐고요. 저도 이 의견에 충분히 공감합니다. 보고 싶지 않은 것을 보지 않을 선택의 자유가 있기 때문이지요. 그러나 불행은 예고하고 찾아오지 않으며, 인과 관계를 따져가며 발생하는 것도 아닙니다. 지금 내게 비극적인 일이 일어나지 않았다고 해서 이 평온함이 언제까지고 지속되리라는 법은 없습니다.

특히 감정이입을 많이 하는 분들이 비극적 이야기를 읽

는 것을 힘들어합니다. 인물이 겪는 고통과 괴로움을 자신의 것처럼 느끼기 때문입니다. 비극적 이야기를 어떻게 해석할 것인가는 삶을 바라보는 시각과 연관될 수 있습니다. 김애란 작가의 소설 『바깥은 여름』은 무겁고 슬픈 내용들로 채워져 있는 작품입니다. 첫 번째 소설 「입동」에서부터 마지막 소설 「어디로 가고 싶으신가요」까지 읽다보면 한없이 마음이 무거워집니다.

특히 「입동」은 아이를 잃은 부모의 이야기이고, 「어디로 가고 싶으신가요」는 남편을 잃은 아내의 이야기입니다. 상실을 경험한 사람들의 슬픔을 소설을 통해 간접적으로 경험하면서 우리는 타인의 고통에 어느 정도 공감할 수 있습니다. 인간은 본질적으로 타인의 슬픔을 온전히 공감할 수 없습니다. 하지만 작가는 다른 이들의 슬픔과 고통을 온전히 이해하려고 하기보다는 바깥에서 그 슬픔의 모습을 묘사함으로써 그들에게 한 발짝 다가가려는 시도를 합니다. 「입동」의 아내가 오랫동안 미루었던 도배를 하려고 벽에 붙은 수납함을 밀었는데 벽 아래에서 아이가 쓰다 만 이름을 발견하고 울음을 터트릴 때, 「어디로 가고 싶으신가요」

에서 남편이 구하려다 죽은 지용의 누나 지은이가 보내온 편지를 주인공이 읽는 장면에서 '목울대에 따갑고 물컹한 것이 올라왔다 내려'가는 듯 느껴집니다.

　우리는 보통 현재의 내 삶에만 집중하며, 타인이 겪는 어려움을 들여다볼 여유도 없이 바쁘게 살아갑니다. 소설에서 일어나는 비극적 사건은 우리의 삶에서 일어날 수 있는 일들을 간접 경험하게 해줍니다. 그리고 그런 상황이라면 나는 어떻게 할까 생각해보기도 합니다. 예상하지 못한 일이 내게 일어날 경우, 누구나 당황하고, 괴롭고, 자괴감에 빠져 왜 내게 이런 일이 일어났는가 고통스러워할 것입니다. 밝고 즐거운 생활만 해왔다면 더욱 헤어 나오는 방법을 찾지 못할지도 모릅니다. 우리는 소설을 읽으며 백신을 맞는 것처럼 삶에 찾아올 불행과 비극을 대리 체험하게 됩니다. 내 삶이 버겁고 무거워지는 그 순간, 소설 속 내용을 떠올리며 살아갈 용기를 내볼지도 모르겠네요.

인간의 다양성을 이해하기 위해

대학원에 다니던 때에 1950년대 작가인 손창섭의 소설에 빠져든 적이 있습니다. 교과서에 실리기도 했던 「비 오는 날」, 「잉여 인간」 과 같은 소설을 기억하시나요? 손창섭 소설의 분위기는 어둡고 암울합니다. 안정된 주인공들이 거의 없습니다. 자전적 소설에 나오는 소년은 성적 학대를 받고 자살을 시도하고, 어른들은 사회에 제대로 적응하지 못하는 인물들이 주로 등장합니다. 그의 소설의 주인공 중 사실 매력적인 인물은 하나도 없습니다. 그럼에도 사람의 마음을 잡아끄는 면이 있습니다. 저는 어둡고 상처 있는 인물이 품고 있는 음울한 기운에도 불구하고 주인공들의 삶에 빠져들었습니다.

손창섭 소설에서 느꼈던 암울함을 일본 작가 다자이 오사무의 작품을 읽으면서 비슷하게 느낀 적이 있습니다. 다자이 오사무의 『인간실격』은 암울한 자아가 자멸하는 과정을 다루고 있습니다. 저자의 자전적 이야기를 담고 있는데 소설 속 주인공과 달리 작가는 다섯 번의 자살 시도 끝에 서른아홉의 나이로 죽음을 맞이합니다. 소설의 주인공 요조는 어릴 때부터 다른 사람의 마음이 불편해지는 것을 못 견디는 사람이었습니다. 부유한 집에서 태어난 요조는 세상에 공포를 느끼고 자신의 순수를 지키기 위해 어릿광대와 같은 익살스러운 태도를 선택합니다. 그는 사람을 두려워했지만 한편으로 사람들에게 사랑받고 싶어 하는 마음을 버리지 못했습니다.

요조의 순수를 세상과 연결시켜주는 '신뢰'의 세계는 여성과의 관계를 통해서입니다. 하지만 이 역시 실패하고 맙니다. 세상이 두려웠던 요조는 쓰네코를 만나 자신들만의 신뢰로 이루어진 순수를 위해 자살을 선택하지만 요조는 살아남고 쓰네코만 죽게 됩니다. 그 후 요조는 자신을 신뢰해주는 아가씨 요시코와 결혼을 합니다. 어느 날 요조는 요시코가 집을 드나들던 장사꾼에게 능욕당하는 장면을 목격하고 처참한 절망에 빠집니다. 이 사건 이후 요시코의 과거를 의심하던 요조는 수면제를 복용하여 다시 자살을 시도하지만 실패합니다. 신뢰로 순수를 지킬 수 있다고 생각했던 요조의 희망은 파괴되고, 그는 세상과 유리된 채 정신병원으로 보내지게 됩니다. 정신병원에서 폐인이 된 요조는 스스로를 인간이 아닌 '인격실격'이라고 말합니다.

다양한 인간 군상을 만날 수 있는 곳, 문학의 세계

제가 소설을 좋아하는 이유 중 하나는 소설에는 온갖 다양한 인간 군상이 나온다는 점입니다. 어릴 적부터 문학과 심리학에 관심이 많았는데 두 학문의 공통점이 무엇일까 생각해보았더니 인간의 다양성에 대한 이해를 목적으로 한다는 점이었습니다. 인간은 모두 다릅니다. 비슷하거나 공통점을 지니고 있기는 하지만 완전히 동일한 존재는 없습니다. 어쩌면 이렇게 나와 다를까 놀라울 정도입니다. 다른 사람과 갈등을 겪을 때 우리는 흔히 내 맘 같지 않다는 말을 하곤 합니다. 손을 뻗어도 닿을 수 없는 자신만의 껍질 안에서 개별적인 자아는 존재합니다. 자신만의 세계 속에 살고 있는 개인들이 나와 다른 타인을 완전히 이해한다는 것은 애초에 불가능한 일인지도 모릅니다. 우리 모두는 각자의 프레임으로 타인을 바라보고 세상을 이해합니다. 이 사실을 깨닫게 되면 누군가에게 나를 오롯이 이해받으려고 하는 것이야말로 부질없는 것이라는 생각이 듭니다. 그렇다면, 타인에 대한 이해는 어떻게 가능할 수 있을까요? 문학을 읽는 일은 이를 가능하게 해줍니다. 문학 속의 인물을 만나면서 우리는 다양한 인간 군상에 대한 이해에 한 발짝 다가갈 수 있습니다.

최은영의 단편 소설 「당신의 평화」에서 딸은 자신의 어머니를 이해해줄 수 있는 관계임에도 어머니를 이해하지 못합니다. 시집살이를 겪으며 가부장적인 남편과 살아온 어머니는, 예비며느리와의 사이에서 갈등이 생기자 딸에게 이를 하소연합니다. 하지만 딸은 어머니에게 예비며느리에게 간섭하지 말고, 자신의 인생을 살아가라고 말을 합니다. 그러자 어머니는 딸에게 이렇게 말합니다. "넌 나로 살아본 적이 없어." 맞습니다. 누구도 다른 사람의 인생을 대신해서 살아볼 수는 없습니다. 그렇다면 결국 타인을 완벽하게 이해한다는 일은 불가능한 일일까요? 다른 사람으로 살아본 적이 없는데 그 사람이 겪은 아픔과 상실이나, 현재의 상황을 이해할 수 있을까요? 이해하기는 어렵지만 이를 느껴보려고 노력할 수는 있습니다. 이야기에 빠져, 읽는 행위를 통해서 말입니다.

가족 간의 갈등만큼 풀기 어려운 숙제도 없을 텐데요. 누구보다도 공을 들이고, 애를 써서 돌봐온 경우라면 더욱 그러합니다. 김혜진의 소설 『딸에 대하여』는 부모와 자식 사이의 좁힐 수 없는 간극을 줄여나가는 것이 얼마나 어려운 일인지를 말하고 있습니다. 소설은 요양보호사로 일하는 육십대 엄마와 삼십대인 그녀의 딸, 그리고 딸의 동성 연인에 관한 이야기를 다루고 있습니다. 독립해서 살고 있던 대학 강사인 딸은 생활고에 부딪히자 엄마에게 집을 담보로 대출을 받아달라고 부탁합니다. 엄마는 차라리 집으로 들어와 같이 살면 어떻겠냐고 제안을 합니다. 딸은 동성 애인과 함께 집으로 들어와 함께 살게 됩니다.

　엄마는 동성애자인 딸을 이해하고 받아들이기 어려워합니다. 딸의 동성 애인이 못마땅한 엄마와 엄마에게 이해받고 싶은 딸 사이의 갈등은 점점 심화되어갑니다. 딸은 대학에서 동성애자라는 이유로 부당하게 해고된 동료의 처우에 항의집회를 합니다. 엄마 역시 요양병원에서 부당한 일에 목소리를 내는 모습이 딸과 비슷한 태도를 지녔음을 보여줍니다. 엄마는 딸에게 보통사람처럼 평범한 삶을 살아가라고 이야기합니다. 남편의 죽음 이후 힘들게 딸을 키워왔는데 자식이 평범하게 살기를 바라는 마음조차도 가질 수 없는 것이냐고 항변합니다. 반면 딸은 자신을 있는 그대로 인정하고 받아들여달라고 답합니다. 딸이 평범하게 살아가길 바라는 기대를 가진 엄마는 딸을 이해하기 어렵지만 한편으로는 이해해보고 싶기도 합니다. 딸과 딸의 애인을 이해하는 일은 '기적 같은 일'처럼 불가능해보이지만 함께 겪은 시간 안에서 서로 연결의 끈을 찾아갈 수 있는 가능성도 보이는 듯합니다.

　타인의 삶을 온전히 이해하기는 어렵지만 한 걸음 뒤로 물러나 들여다보는 것은 가능합니다. 바로 문학을 통해 그렇게 할 수 있습니다. 소설가는 다른 사람의 이야기를 대신 기록해줍니다. 마치 그 현장에 있는 사람처럼 우리는 그 상황에 놓인 사람의 마음을 짐작할 수 있습니다. 우리는 타인을 온전히 이해할 수 없지만, 그 사람의 이야기를 들어줄 수 있습니다. 타인에 대한 이해의 첫걸음은 그의 이야기를 들으려는 것으로 시작합니다. 우리는 문학 읽기를 통해 다양한 사람들의 살아온 인생 여정을 들여다보며, 미처 알지 못했던 타인의 삶에 대한 공백을 메워나갑니다.

시대의 흐름을 읽는 힘

소설은 작가 한 개인이 썼지만 혼자만의 생각이 아닌 시대의 영향을 받아서 창작한 산물입니다. 역사 소설은 특히 구체적인 시대를 배경으로 사건을 보여주기 때문에 읽으면 막연하게 알고 있었던 시대를 생생하게 받아들이게 됩니다. 독자는 시대의 흐름을 자연스럽게 이해하게 되고, 과거는 단순히 지나간 일로만 존재하는 게 아니라 지금 책을 읽는 독자의 의식 속에서 현재성을 띠게 됩니다.

여기서는 한국 현대사의 흐름을 살펴볼 수 있는 책들을

시대별로 살펴보려 합니다. 1970년대 이후 많은 역사 소설이 출간되었습니다. 대표적인 작품으로 박경리의 『토지』를 들 수 있는데요. 작가는 이 소설을 1969년에서 1994년까지 25년 동안 집필했고, 이후 20권의 책으로 출간했습니다. 이 소설의 시대적 배경은 동학농민운동이 막을 내리는 시기부터 1945년 8월 15일 우리나라가 독립을 하는 시기까지입니다. 『토지』는 구한말에서 일제 강점기를 거쳐 해방에 이르기까지의 무수한 역사적 사건과 그 시대를 살아갔던 민중들의 다양한 삶을 묘사하며 한국의 근대사를 생생하게 담고 있습니다. 무려 600여 명의 등장인물이 반세기 동안 경남 하동군 평사리를 비롯하여 진주와 서울, 일본과 용정, 만주에서 경험한 일을 그리고 있다는 점에서 한번쯤 읽어볼 작품입니다.

해방 이후에 한국 사회에서 벌어진 이야기가 궁금하다면 조정래의 『태백산맥』을 권합니다. 총 10권으로 출간된 이 작품은 해방 후 이데올로기 문제로 고통받아야 했던 시대적 아픔을 그리고 있습니다. 여수·순천 사건을 시작으로 1953년 한국 전쟁 휴전 협정 직후까지를 담은 이 소설은 당시 사회의 혼란과 우리 민족이 겪어야 했던 고통을 사실적으로 전달해주고 있습니다.

이러한 이데올로기적 혼란은 4·19 직후인 1960년에 발표된 최인훈의 『광장』에도 잘 드러나 있습니다. 이 작품은 4·19 혁명을 경험한 이후의 1960년대 사회적인 상황과 긴밀하게 연결되어 있습니다. 주인공 명준은 월북한 남로당원 아버지로 인해 경찰서에 끌려가 취조와 고문을 당합니다. 그에게 비친 남한은 부조리하며 어느 한 군데도 의미를 찾아 살 만한 곳이 아닙니다. 그러나 월북하여 건너간 북한도 혁명의 자취만 남아 있을 뿐, 그가 기대했던 곳은 아니었습니다. 이데올로기와 허위에 가득 찬 공개적인 광장만 존재할 뿐이었습니다. 작가는 서문에서 인간을 이 두 가지 공간 중 어느 한쪽에 가두어버리면 살 수 없게 된다고 말합니다. 광장에서는 폭동의 피가 흐르고 밀실에서는 광란의 부르짖음이 새어나오게 된다고 말하지요. 이 소설을 읽으면 당시의 남북한이 광장과 밀실이라는 각각의 한계가 있었음을 알 수 있습니다. 이명준은 북한에서는 '밀실의 부재'를, 남한에서는 '광장의 부재'를 경험하고 절망합니다.

명준은 끊임없이 자신이 무엇 때문에 살아야 하는지 고민하고, 마음을 쏟을 만한 일을 찾지 못해 괴로워합니다. 그가 선택한 중립국도 그의 삶의 가치를 충만하게 채워줄 유토피아는 아니라고 판단한 명준은 바다로 뛰어들어 죽음을 선택합니다. 그토록 가고 싶었던 중립국으로의 여정이었음에도 불구하고 남한과 북한의 이데올로기를 넘어선 제3의 길은 추상적인 세계일뿐이기 때문입니다.

『광장』이 1960년대 한국 사회를 들여다보게 해준다면 한강의 『소년이 온다』는 1980년 5·18 민주화운동을 경험하게 해주는 소설입니다. 이 소설은 1980년 5월 18일부터 열흘간 있었던 광주민주화운동 당시의 상황과 그 이후 남겨진 사람들의 이야기를 철저한 고증과 취재를 바탕으로, 작가 특유의 정교하고도 밀도 있는 문장으로 그려낸 작품입니다. 중학교 3학년이던 소년 동호는 친구 정대의 죽음을 목격하고 도청 상무관에서 시신들을 관리하는 일을 돕게 됩니다. 동호는 합동분향소가 있는 상무관으로 들어오는 시신들을 수습하면서 '어린 새' 한 마리가 빠져나간 것 같은 주검들의 말 없는 혼을 위로하기 위해 초를 밝힙니다.

고등학교 3학년에 5·18을 겪었던 은숙은 작은 출판사에서 편집자로 일하면서 담당 원고의 검열 문제로 서대문경찰서에 끌려가 뺨을 맞습니다. 봉제공장에서 일하며 노조 활동을 하다 쫓겨난 선주는 경찰에 연행된 후 끔찍한 고문을 당합니다. 대학생 진수는 모나미 볼펜으로 고문을 당하고 수감 생활을 하다 출소 후 고통스러운 기억 때문에 자살하고 맙니다. 소설을 읽으며 '인간이 인간에게 가하는 이러한 폭력과 잔혹함은 도대체 무엇을 위한 것일까?' 하는 고통스러운 질문을 끄집어내게 됩니다.

문학의 다른 기능도 모두 의미 있지만 한 시대를 담아내는 그릇으로서 문학의 역할은 다른 어떤 장르보다도 더 중요하다고 생각합니다. 역사를 알지 못한다면 미래로 나아가는 일도 쉽지 않을 테니까요.

그럼에도
문학 읽기가
쉽지 않은
이유

여전히 소설에는
쉽게 손이 가지 않는 이들에게

문학을 읽어야 하는 이유는 충분히 공감하지만, 여전히 쉽게 손이 가지 않을 수 있습니다. 저도 독서를 본격적으로 시작했던 무렵에는 문학은 거의 읽지 않았습니다. 지금 당장 나에게 도움이 되는 책을 읽고 싶었기 때문입니다. 소설은 지금의 내가 처한 상황과는 거리가 멀어 보였습니다. 여행을 갈 때는 여행 관련 책을 읽었고, 아이를 키우면서 알고 싶은 내용이 생기면 자녀 육아에 대한 책을 읽었습니다. 우울함이 밀려오거나 사람들과의 관계가 힘들어질 때는 심리학책을 주로 읽었습니다. 그런 책들은 읽는 즉시 문제에 대한 해답이나 방법을 알려주었지요. 그러면서 문학은 서서히 독서의 우선순위에서 멀어져갔습니다. 그러다가 4년여 전쯤 우연히 소설 몇 권을 읽게 되었습니다. 처음 읽은 작가의 작품이었는데 깊은 인상을 받았고, 작가의 다른 작품을 읽고 싶다는 욕구가 생겨났습니다. 그렇게 다시 문학을 읽게 되었습니다.

소설은 읽기가 쉽지 않습니다. 책을 펼칠 때부터 주제와 내용이 어느 정도 예상되는 비문학책과 달리 소설은 사전에 주어진 정보가 많지 않고 책을 읽어나가면서 파악해야할 사항도 꽤 많습니다. 알려주지 않는 내용에 대해서는 스스로 추측해야 하며, 상징적인 단어나 행간의 의미도 파악해야 합니다. 외국 소설이라면 잘 들어오지 않는 등장인물의 이름도 기억해야 합니다. 일본 소설과 러시아 소설에 등장하는 인물들의 이름은 왜 이렇게 익숙해지지 않는 걸까요. 지금 말하고 있는 이 사람이 누구인지 알 수가 없어 페이지를 앞으로 넘겨 다시 찾아보는 경우도 한두 번이 아닙니다.

반면에 비문학은 프롤로그나 목차를 읽어보면 대충 어떤 식으로 내용이 흘러갈지 추측할 수 있어 덜 헤매며 읽을 수 있습니다. 소설은 서문이나 목차를 읽는다고 해서 예상할 수 있는 내용은 거의 없습니다. 책을 읽기 시작해 앞부분을 읽을 때는 특히 신경을 집중해야 합니다. 무슨 상황인지, 어떤 내용이 전개되고 있는지 파악하는 것에 전력을 기울여야 합니다. 결말은 또 어떠한가요? 소설을 읽어가면서 결말을 예상하기가 쉽지 않습니다. 그렇다고 결말을 미리 찾아보고 읽으면 재미는 당연히 떨어집니다. 중간을 건너뛰며 읽을 수도 없고 한 장 한 장 넘겨가며 읽어야 합니다. 예전에 미나토 가나에의 『고백』을 읽은 적이 있습니다. 딱 마지막 두 장을 안 읽었는데 여기에 작품의 최대 반전이 있다는 사실을 모르고 넘어간 겁니다. 몇 달 뒤에 나머지 두 장을 읽고 나서 깜짝 놀랐던 경험이 있습니다. 소설은 이처럼 한두 문장이나 결말에 작가의 중요한 메시지나 반전이 담겨 있는 경우도 있으므로 최대한 꼼꼼히 읽어야 합니다.

영화라면 지루할 때 2배속으로 보기라도 하는데 소설은 그것도 잘 안 됩니다. 읽고 싶은 부분만 골라 읽다보면 내용 파악이 잘 안 되니까요. 끝까지 읽지 않으면 작품의 주제가 무엇인지 알 수 없습니다. 결론이 모호하게 끝나면 개운하지가 않아 답답합니다. 도대체 무슨 의미인지 이해가 가지 않아 작품 뒤에 실려 있는 해설을 읽어보면 '아니, 작품보다 더 어려운 해설이라니' 싶은 경우도 있습니다.

이 장에서는 소설을 잘 읽지 않는다거나 읽는 게 힘들다는 분들의 이야기를 들으며 문학 읽기는 왜 쉽지 않은가에 대해 정리해보았습니다.

무슨 내용인지 이해가 안 돼

가독성이 높고 읽기 쉬운 책도 있지만 다 읽었는데 무슨 내용인지 명확하게 이해하기 어려워서 "도대체 작가는 무슨 말을 하고 싶은 거야?"라는 질문이 절로 나오는 책도 있습니다. 다 읽었는데 왜 내용이 이해가 안 되는 거죠? 김영하 작가는 『말하다』에서 "소설이라는 것은 끝까지 읽어도 주제를 알기가 어렵다."라고 이야기합니다. 그렇습니다. 소설이란 원래가 무슨 말을 하는지 알기 어려울 때가 많습니다. 그렇기 때문에 어찌 보면 자신의 경험과 상상력을 결합시켜 최대한 이해해야 하지요. 김영하 작가는 "주제를 알기 어려운 소설일수록 좋은 소설이며, 훈련된 독자는 너무 간단해서 주제를 쉽사리 파악할 수 있는 소설보다는 지성과 감성을 충분히 사용하면서 적절한 어려움을 겪은 후에야 작품의 참된 의미를 찾을 수 있는 소설을 더 좋아한다"고 말합니다. 쉽게 얻은 것은 쉽게 빠져나가지만 지적인 활동을 거친 다음에 얻게 된 작품의 의미는 오랫동안 기억에 남고 깊은 영향을 줄 수 있습니다. 왜 그럴까 골똘히 생각하는 과정 중에 의미들이 내 안에 깊이 침투하게 되는 것이지요.

제가 읽었던 작품 중 진짜 이해가 안 된 몇 작품을 예로 들어보겠습니다. 읽어도 무슨 내용인지 이해하지 못할 정도로 어려워서 절망적이었던 적이 있거든요. 먼저, 마이클 온다체의 『잉글리시 페이션트』를 읽으면서 난관에 부딪혔던 기억이 납니다. 50년 동안 맨부커상을 수상한 책 중 단 한 권을 선정한 '골든 맨부커상'까지 받은 작품이라 큰 기대를 가지고 첫 장을 폈는데, 이럴 수가요. 소설을 읽어나가는데 무슨 소리인지 전혀 알 수가 없는 겁니다. 문장을 읽어도 내용 파악이 전혀 안 됐습니다. 제가 생각한 이유는 두 가지였는데, 첫째는 이 소설이 시적 묘사의 방식처럼 장면을 연결해나가고 있기 때문입니다. 서사적 흐름에 맞추어 글을 쓰기보다는 장면 하나하나를 마치 구슬처럼 연결시키는 방식이라고 할까요? 그래서 이미지는 넘쳐나는데, 서사적 얼개를 짜 맞추기가 쉽지 않았습니다. 둘째는 소설의 시제가 현재형으로 진행이 됩니다. 소설은 대부분 일어난 사건을 화자가 서술하니 과거형 시제로 서술이 되지만 시는 화자가 외부세계를 깨닫는 순간의 감성을 표현하기 때문에 현재형인 경우가 많습니다. 현재형 시제로 쓰여진 소설을 읽다보니 마치 둥둥 떠다니는 것처럼 몽환적인 느낌이 들었습니다. 그래서 읽다가 자꾸 문장을 놓치게 되고 점점 더 내용 파악이 안 되었습니다. 결국 완독을 포기하고 책을 덮었던 경험이 있습니다.

또 손꼽히게 어려운 소설이 있습니다. 어찌어찌 완독은 했지만, 이해가 안 가 몇 번을 멈추었다 읽은 소설입니다. 바로 밀란 쿤데라의 『참을 수 없는 존재의 가벼움』입니다. 소설이지만 철학서처럼 여겨지는 이 책은 삶의 무거움과 가벼움 사이를 방황하는 네 명의 남녀를 통해 삶의 의미와

무의미, 시간의 직선적 진행과 윤회적 반복의 의미, 우연과 필연, 존재의 가벼움과 무거움 등의 주제를 다루고 있습니다. 설명만 들어도 어려워 보이지요? 초반은 이 주제들을 '사랑'이라는 하나의 틀로 펼쳐나가서 그래도 읽을 만한데 후반부로 갈수록 저자가 생각하는 사상을 여과 없이 서술하고 있어서 더 어려워집니다.

이 소설에는 네 명의 남녀 주인공이 등장합니다. 자신을 운명이라고 믿는 여자를 부담스러워하며 끊임없이 다른 여자들을 만나는 토마스, 그를 끝까지 믿고 싶어 하는 테레자, 자유로운 영혼의 사비나, 안정된 일상을 누리지만 사비나에게 매료된 프란츠입니다. 삶의 가벼움을 지향하는 사비나와 토마스, 이들보다 무거움을 지향하는 테레자와 프란츠로 존재의 가벼움과 무거움이 나뉘어 있습니다. 하지만 관계의 가벼움을 추구했던 토마스는 테레자를 사랑하게 되면서 동정과 연민으로 고통받게 되고, 가벼움은 무거움으로 바뀌게 됩니다.

신분 상승의 열망을 가졌던 테레자는 이상적으로 여겼

던 낭만적 사랑을 추구합니다. 토마스와의 만남을 운명이라 받아들이고 그와의 사랑을 선택하지만 토마스의 연인들에게 질투를 느끼고, 심리적 고통을 느끼며 악몽에 시달리기까지 합니다. 질투와 미움이 뒤섞인 두 사람의 삶은 점점 무게감을 더해갑니다. 테레자가 프라하로 돌아가기로 결심하자, 토마스는 공산주의자나 반란군의 볼모가 되고 싶지는 않았지만, 결국 무거움을 받아들이고 테레자를 따라 돌아갑니다. 존재의 무게가 무거워질수록 삶의 의미를 찾는 한편 가벼움을 추구하려 하는 인간의 역설과 모순을 작가는 네 명의 인물을 통해 보여주고 있습니다.

읽어도 내용 이해가 쉽지 않은 작품들은 분명히 존재합니다. 내용이 정말 어려워서일 수도 있고, 작가의 서술 방식이 불친절해서일 수도 있습니다. 혹은 전혀 정보가 없는 나라나 시대의 이야기라서 몰입하기가 쉽지 않을 수도 있습니다. 이런 작품들을 어떻게 해야 할까요? 저는 여러 가지 방법을 사용합니다. 작품에 대한 사전 정보나 설명들을 읽어서 배경지식을 얻은 다음에 다시 읽는 경우도 있는데, 특히 작가의 삶에 대한 자료를 찾아보기도 합니다. 작가가 어떤 삶을 살아왔는지 알면 도움이 될 때가 많습니다. 하지만 꼭 그렇게까지 해서 읽을 필요가 없다고 생각이 든다면, 일단 책장을 덮기를 권해드립니다. 언젠가 다시 한 번 시도해보는 걸로요.

내용이 너무 어둡고 불편해

소설을 읽지 않는 이유 중 작품의 분위기가 싫어서라는 의견도 많았습니다. 어두운 이야기나 불편한 설정의 소설을 읽으면 마음이 힘들어진다는 이유입니다. 소설 속에 나오는 장면을 상상하거나 마주하는 일이 싫다는 것입니다. 현실 세계에서도 괴로운 일이 많은데 소설을 읽으면서까지 이런 기분에 빠지고 싶지 않다고 합니다. 특히 잔상이 남거나 감정을 자극하는 내용은 피하고 싶다는 말을 덧붙입니다. 문학은 그래서 다른 어떤 분야의 책보다 호불호가 갈리는 것 같습니다. '세상에 좋은 것, 도움되는 것만 읽어도 시간이 부족한데 왜 그런 비극적인 결말을 봐야 하나'라는 생각 때문입니다. 저 역시, 안 그래도 현실이 우울한데 즐겁고 기분 좋은 글을 읽고 싶다는 생각에는 충분히 공감합니다.

소설이 다루는 주제는 폭넓고 제한이 없습니다. 작품 출간 후 논란이 되었던 소설이, 시대가 지나면서 그 가치를 인정받는 경우도 있습니다. 공통적으로 불편하다고 말하는 책들의 경우 당시 사회에서 금기시된 주제를 다루는 경우가 많습니다. 하지만 한 사회의 도덕성은 시대가 바뀌면 달라집니다. 지금 읽어보면 별 문제가 없는 내용이 당대에는 논란을 불러일으켜 사회적 제약을 받기도 했습니다. 예를 들어 플로베르는 1857년에 『마담 보바리』를 출간하고 난 후, 대중적인 도덕률을 위반했다는 이유로 기소되었고 재판정에서 자신의 작품이 갖는 의미를 옹호해야 했습니다. 플로베르는 당시에 존재했던 실제 사례를 소설로 담아 냈습니다. 델피누라는 여성이 음독자살하는 사건이 있었는데, 이 여인을 모델로 주인공 엠마를 그려냈다고 합니다. 그는 '가여운 보바리가 지금 이 순간에도 프랑스의 여러 마을에서 괴로워하며 눈물짓고 있다'고 말합니다. 이 소설은 단순히 사치스럽게 살며 불륜을 저지른 여성의 삶을 다룬 것이 아니라 어떻게 엠마가 그런 삶에 이르렀는가를 들여다봅니다. 즉, 남편과의 불운한 결혼 생활과 고리대금업자들에 의해 파산과 자살로 내몰리는 과정을 상세히 그려내고 있습니다.

문학이 다루는 주제 중 사람들이 읽기 불편해하는 주제에는 또 어떤 것이 있을까요? 블라디미르 나보코프의 『롤리타』는 '롤리타 콤플렉스'라는 단어를 낳은 작품이기도 합니다. 주인공의 소아 성애적 욕망을 다루고 있는 이 소설을 읽으며 '왜 굳이 이런 소설을 써야 했을까?'에 대한 궁금증이 생길 수도 있습니다. 이 소설은 1955년 파리의 작은 출판사에서 초판이 출간되었습니다. 미국 내의 출판사들이 선정적이라는 이유로 출간을 거절했기 때문입니다. 이 작품이 고전의 반열에 오를 수 있었던 이유는 작품 곳곳에 숨겨진 수많은 은유와 상징, 비틀기가 문학적 완성도를 높였기 때문입니다. 님펫을 향한 소아 성애적 욕망과 이성적인 갈등에 빠진 인물의 고뇌를 작가는 시적인 문체로 잘 그려내고 있습니다.

열세 살 때 처음 사랑한 여자친구가 병에 걸려 세상을 떠나자, 험버트는 20년 넘게 그녀를 가슴에 품고 살아갑니다. 그리고 이루어지지 못한 첫사랑의 후유증으로 '님펫'이라고 불리는, 성적으로 조숙한 여자아이들에게 이끌리게 됩니다. 서른일곱 살의 험버트는 치명적인 매력과 마력을 지닌 열두 살 소녀 롤리타를 만나고 그녀에게 빠져듭니다. 나보코프는 "롤리타를 통해 독자가 윤리적 규범과 교훈을 얻기를 원하지 않는다."라고 말합니다. 그가 추구하는 것은 일종의 예술적 충격으로 보입니다. 아무리 그래도 이 작품은 소아 성애자와 아동 성폭력의 관점으로 보면 아주 불편하고 힘든 작품이 됩니다.

하지만 인류 역사를 통해 보자면 어느 시대에 통용이 되던 것들이 시대가 달라지면 금기가 되기도 하고 그 반대가 되는 경우도 존재합니다. 당대의 사회적 금기에 도전하는 일은 예술의 본령 중 하나일지도 모릅니다. 우리는 안전하고 굳건한 가치를 옹호하지만 사실 그 가치는 원래부터 정해져 있던 것은 아니기 때문입니다.

해설은 왜 더 어려운 거야?

해설은 작품에 대한 이해를 돕고 작품의 의미를 분석해주는 글입니다. 거의 대부분의 소설에는 해설이 실려 있는 것 같습니다. 해설을 쓰는 사람은 문학 비평가들이 제일 많고, 외국 번역 작품의 경우에는 소설을 번역한 역자가 쓰는 경우도 많습니다. 저는 소설을 읽으면 해설을 거의 읽는 편입니다. 주변에 물어보았더니 해설을 읽지 않는다는 분들도 종종 있었습니다. 이유를 물었더니 자신이 생각하고 받아들인 내용과 차이가 나면 작품을 잘못 읽은 건가 싶은 느낌이 들어서라고 합니다.

작품을 읽고 나서도 도대체 작가의 의도는 무엇인지, 왜 이런 내용을 썼는지 모호하고 개운하지 않을 때가 있습니다. 도움을 받고자 작품 해설을 읽어보는데 그때 드는 생각은 '왜 문학 해설은 이렇게 어려운 것인가?'입니다.

외국 소설의 경우, 번역자분들이 쓴 해설은 대부분 그리 어렵지 않습니다. 보통 작가의 생애사적 부분에 대해서 쓰고, 번역을 하면서 느꼈던 작품에 대한 생각들, 그리고 작품의 주제에 대한 개인적 감상으로 이어집니다. 작가 소개보다 작품에 대해 더 자세한 해석을 해주었으면 좋겠다는 생각이 들 때도 간혹 있지만 이 정도의 덧붙임도 괜찮다고 생각합니다.

한편 문학 비평가분들이 쓴 해설의 경우 어렵다고 느낄 때가 종종 있었습니다. 특히 문학 비평 용어는 낯설고 이해하기가 쉽지 않습니다. 철학이나 여타 다른 인문학적 이론을 바탕으로 하는 경우가 많아서입니다. 한국 소설의 해설을 읽을 때 무슨 말인지 이해를 못해 난해하다고 생각할 때도 있습니다. 작품에 실린 해설은 이 책을 읽는 일반 독자들의 이해를 위해 쓰는 글일 텐데 조금 더 쉽게 써주면 좋겠다는 생각을 해봅니다. 최근 SF의 경우, 저자가 왜 이 작품을 쓰게 되었나를 설명해주는 경우가 있는데, 내용을 이해하는 데 도움이 되었습니다. 혹은 작가 인터뷰를 실어주는 경우도 좋았습니다. 『화씨 451』의 뒷부분에는 작가 인터뷰가 상세하게 첨부되어 있었는데 무척 인상적이었습니다.

개인마다 각자 좋아하는 비평 스타일도 있을 것입니다. 저는 좀 쉬운 비평을 선호합니다. 작품 외적인 내용보다는 작품 내적인 내용에 초점을 맞추어준 비평이 좋고, 작품 전체의 주제를 관통하면서 내용을 잘 이해하게 해주는 비평을 선호합니다. 해설이 좋았던 작품을 예로 들어봅니다. 2010년 한국일보 문학상을 받은 황정은의 『백의 그림자』는 도심 한복판의 40년 된 전자상가에서 일하는 은교와 무재의 사랑 이야기를 다루고 있습니다. 조만간 재개발로 전자상가가 철거된다는 소식이 들려옵니다. 이 소설에는 인물들이 '그림자가 일어서는' 일을 경험합니다. 이것은 불행을 겪고 절망에 빠졌을 때 일어나는 환상적 사건을 의미합니다. 무재의 아버지는 아홉 식구의 생계를 책임지다 돌아가셨고, 여씨 아저씨의 친구는 배우지 못한 한으로 자녀를 외국으로 보내 공부시켰으나 친구들이 찾아왔을 때 나쁜 발음으로 인사를 했다는 이유로 자녀들로부터 욕을 먹습니다. 유곤 씨의 아버지는 유곤 씨가 열두 살 때, 공사현장에서 떨어진 추에 깔려 압사를 당합니다.

이 소설의 해설을 쓴 신형철 평론가는 행여나 있을 오독으로부터 이 소설을 지켜내고, 많은 사람들이 이 소설을 읽을 수 있기를 희망하는 마음에서 자청해서 글을 썼다고 밝힙니다. 만약 황정은 작가의 소설을 처음 접한 거라면 비현실적이고 환상적인 모티프 때문에 이해가 잘 되지 않을 수도 있습니다. '그림자가 일어서는' 것과 같이 환상적 장치를 쓰는 것에 대해 신형철 비평가는 벤야민의 『이야기꾼과 소설가』의 내용을 비틀어 '불행의 평범화에 맞서서 불행의 단독성을 지켜내기 위해'라고 설명해줍니다. 세상에는 너무나 많은 불행이 있고 우리는 그 불행에 무뎌지기 마련이므로 소설가는 일반성 속에 그것이 소멸되지 않고 보존될 수 있도록 전달해야 한다는 의미입니다. 그림자라는 소재

를 통해 '불행의 단독성'을 강화시켜주었다는 설명인데, 작

품의 의미를 잘 해석해주었다고 생각합니다.

단편 소설과 장편 소설, 둘 다 힘들어

소설을 길이에 따라 분류하면 단편 소설, 중편 소설, 장편 소설로 나뉩니다. 중편 소설은 단편이나 장편에 비해서는 많지 않기 때문에 대체로 단행본으로 나오는 건 단편 소설집과 장편 소설이 일반적입니다. 단편 소설집의 경우 작품집마다 다르겠지만 보통 한 권에 7~10개 내외의 단편 소설이 수록되어 있습니다. 소설가에 따라 단편 소설은 전혀 쓰지 않고 장편 소설만 쓰는 작가도 있습니다. 반면 단편 소설만 쓰는 작가는 그리 많지 않고 주로 단편 소설을 쓰더라도 장편 소설을 발표합니다. 대표적인 단편 소설 작가로 유명한 이들은 외국 작가로는 모파상, 안톤 체호프, 어니스트 헤밍웨이, 에드거 알렌 포, 피츠제럴드, 레이먼드 카버, 앨리스 먼로 등이 있습니다. 노벨상 수상 작가 중 앨리스 먼로는 드물게 단편 소설을 주로 쓴 작가이며 단편 소설을 통해 인간의 복잡한 내면을 탐색했다는 평가를 받습니다. 먼로의 작품 대부분은 자신의 고향인 캐나다 온타리오주의 작은 마을을 배경으로 세대 간의 갈등과 도덕적 갈등, 여성들의 사랑과 비극을 깊이 있게 그려내고 있습니다.

국내 작가로는 이상, 손창섭, 김승옥, 오정희 등 다수의 작가가 있습니다. 김승옥의 경우 『무진기행』과 『서울의 달빛 0章』을 비롯하여 열다섯 편의 단편 소설만 쓴 작가입니다. 세계문학상의 경우는 장편 소설을 대상으로 하는 경우가 많고, 국내 문학상 수상의 경우 동인문학상의 대상은 장편 소설이나 소설집 등 단행본이며 이상문학상과 현대문학상 소설 부문은 중·단편 소설을 대상으로 합니다.

단편 소설의 특징

단편 소설은 생의 한 단면을 압축적으로 보여줍니다. 따라서 장편에 비해 구성이 특히 중요하며 이야기의 호흡이 짧습니다. 단편 소설집의 경우 작품 간의 호불호나 편차 등이 있어 동일한 감정을 계속 이어가면서 끝까지 읽기가 쉽지 않다는 어려움이 있습니다. 소설을 읽기 힘들다는 분의 이야기를 들어보면 단편 소설은 단편 소설대로, 장편 소설은 장편 소설대로 읽기 어렵다고 합니다. 단편 소설의 경우는 이야기가 전개되다가 뚝 끊어져서 감정의 흐름이나 이야기의 맥락을 따라가기 어렵고 특히 결말에서 무엇을 말하려고 하는지 잘 모르겠다는 의견이 있습니다. 길이가 짧기 때문에 읽기는 쉽지만 내용을 따라가지 못해 집중하기 어렵고 적응이 될 만할 때 이야기가 끝나버려서 아쉽다고 합니다.

이런 경우라면 연작 소설을 읽는 방법도 추천합니다. 연작 소설이란 단편들의 내용이 연결되는 소설입니다. 경우에 따라 주인공이 동일하게 등장하는 경우도 있고, 등장인물은 다르지만 배경이나 이야기가 연결이 되는 경우도 있습니다. 단편 소설을 주로 썼던 앨리스 먼로는 출판사에서 장편 소설을 써볼 것을 권하자 단편 소설의 형식에 장편 소설의 내러티브를 결합한 형태의 연작 소설이라 할 수 있는 『거지 소녀』를 펴냅니다. 국내의 대표적인 연작 소설로는 양귀자의 『원미동 사람들』이 있습니다. 이 소설은 경기도 부천시 원미동을 무대로 1980년대 소시민들의 삶을 그려내고 있습니다. 박완서의 『엄마의 말뚝』 1, 2, 3은 저자의 단편 소설 80여 편 중에서 유일한 연작 소설입니다. 한강의 『채식주의자』는 표제작인 「채식주의자」, 2005년 이상문학상 수상작 「몽고반점」, 그리고 「나무 불꽃」으로 구성된 연작 소설집입니다.

반면 장편 소설은 일단 길어서 끝까지 읽기가 쉽지 않습니다. 예를 들어 톨스토이의 『안나 카레니나』의 경우, 명성에 비해 완독한 사람이 적은 이유는 내용의 어려움보다는 두께의 문제가 아닌가 싶습니다. 실제로 소설을 읽으면 내용이 어렵지 않으며 흥미롭게 읽을 수 있습니다. 장편 소설은 단편에 비해 많은 시간이 걸리므로 문학 읽기가 쉽지 않은 분들은 단편 소설로 시작해보는 것을 권합니다. 단편 소설집은 실려 있는 모든 작품을 읽지 않아도 되며, 부담 없이 골라 읽을 수 있다는 장점이 있습니다. 어떤 작품집을 좋아한다고 해서 그 작품집에 실려 있는 모든 작품이 마음에 드는 것은 아니지요. 단편 소설집으로 독서 토론을 할 경우 항상 가장 마음에 들었거나 인상적인 작품이 무엇인지를 묻는 이유도 이 때문입니다.

예를 들어 레이먼드 카버의 소설집 『대성당』은 많은 이들의 호평을 받는 작품입니다. 그의 단편은 평단과 독자의 지지를 동시에 얻고 있으며, 깔끔하고 군더더기 없는 문장을 구사하는 작가로 평가받고 있지요. 그만큼 명성이 높은 작가였기 때문에 소설집을 읽으면서 기대가 컸습니다. 그런데 처음 읽었을 때 세 작품 정도는 굉장히 좋았지만 나머지 작품들은 별 느낌이 없었습니다. 이 작품들은 사람들 사이의 소통과 이해에 대해 이야기하고 있습니다. 이 소설집에 실린 소설 중, 가장 인상 깊게 읽은 소설은 「별 것 아닌 것 같지만, 도움이 되는」이었습니다. 앤과 하워드가 빵집 주인과 대화를 나누는 결말이 없었다면 그냥 아이를 잃은 부모의 슬픔을 그린 이야기 정도로만 읽었을지도 모르겠습니다. 단편집은 마음에 드는 작품 위주로 골라 읽기를 권해드립니다.

또 하나의 장벽, 번역의 벽을 넘어서라

외국 소설을 읽을 때 필연적으로 부딪히는 또 하나의 장벽은 번역입니다. 저는 고전을 자주 접하면서 자연스럽게 번역 문제에 관심을 가지게 되었습니다. 우리나라는 출간물의 약 40% 정도가 외국 작품의 번역물일 정도로 번역되는 작품의 수가 많습니다. 그중 문학서 번역은 비문학서 번역보다 더 어려운 부분이 있습니다. 동일한 작품이라도 번역자에 따라 원문 그대로 번역을 한 경우도 있고(문장의 길이 등 정말 '있는 그대로'), 읽기 쉽게 번역을 한 경우(가독성을 위해 긴 문장을 나누는 경우도 포함됩니다)도 있습니다. 정영목 번역가는 번역의 창의성 문제를 다룬 「읽기로서의 번역」과 「번역가의 글쓰기」(『완전한 번역에서 완전한 언어』)에서 번역이란 '있는 그대로'의 번역이어야 하며 가독성이 우선조건이 되면 번역의 본령과는 멀어진다고 말합니다. 직역과 의역의 여부도 의견이 갈리는 부분입니다.

　제목 역시 원제와 달리 작품의 내용을 의역하여 출간한 경우도 있습니다. 무라카미 하루키의 소설 『노르웨이의 숲 ノルウェイの森』은 대부분의 나라에서 원제목 그대로 번역되었는데, 우리나라의 경우는 원제로 출간되었을 때 주목을 받지 못하다가 문학사상사에서 『상실의 시대』라는 제목으로 번역, 출간되면서 큰 인기를 끌었습니다. 이후에는 다시 원제목으로 출간이 되기도 했지요. 가즈오 이시구로의 『남아 있는 나날』의 경우 오역 논란이 있었습니다. 원제는 『The Remains of the Day』인데 번역가가 remains를 동사로 해석하여 『남아 있는 나날』로 번역을 했고, 이를 흔적이나 세월, 잔여물 등의 의미로 번역해야 한다는 주장이 있었습니다. 다른 나라의 제목을 살펴보면 일본어판 제목은 '日の名残り(그날의 잔영)'이고 중국어판 제목은 '長日留痕(긴긴

날의 남겨진 흔적)'입니다. 줄리언 반스의 『The Sense of an Ending』도 의역이 된 경우인데, 『예감은 틀리지 않는다』로 번역되었습니다.

중역이라는 문제도 있습니다. 예를 들어 밀란 쿤데라는 『참을 수 없는 존재의 가벼움』을 처음에는 체코어로 출간했습니다. 우리나라에 처음 이 소설이 소개되었을 때는 체코어 직접 번역이 되지 않아 독일어 번역을 한 작품을 중역하여 출간했습니다. 그 후 밀란 쿤데라가 이 소설을 프랑스어로 다시 썼고 이후 우리나라에 불어 완역본으로 출간이 되었습니다. 중역을 하게 되면 원작을 직접 번역한 것보다는 작가의 의도가 더 전달되기 쉽지 않을 수 있습니다.

표준어가 아닌 말들을 어떻게 번역하는가의 문제도 있습니다. 예를 들면 지역 사투리 경우입니다. 민음사에서 번역된 『채털리 부인의 연인』의 경우 사냥터지기 멜러즈는 영국 중부 지방의 사투리를 사용합니다. 번역자는 사투리를 어떻게 표현할까 고민했고, 이를 우리말이 소리 나는 방식으로 적었습니다. 역자 후기에 보면 이 선택의 과정이 설명되어 있습니다. 예를 들면 "다만 마님께서 여기 오셔쓸 때 제가 주벼네 얼쩡거리는 이리 업시 혼자서 이곳에 계시고 시퍼 하실 거라는 말씀입니다."와 같은 식입니다. 다른 출판사의 경우는 (펭귄 클래식) 충청도 사투리로 표기했습니다.

분량의 문제도 있습니다. 영어로 된 책을 한글로 번역하게 되면 보통 1.5배 이상이 늘어나게 됩니다. 한국어판은 몹시 두꺼운 소설들이 원서는 생각보다 얇아서 깜짝 놀란 적이 많습니다. 작품의 길이가 길면 길수록 완독에 대한 부담감과 거부감은 커지는데, 여기에 문장이 길어지면 길어질수록 가독성은 떨어지고, 내용을 이해하는 고충이 더 커질 수도 있습니다.

그래서 번역서를 읽을 때 이에 익숙하지 않다면 몇 가지 방법을 추천해봅니다. 요즘에는 세계문학전집이 나오는 출판사가 많다보니 번역가에 따라 호불호가 나누어질 수도 있습니다. 특정하게 어떤 출판사에서 나온 책이 더 좋다고 말하기는 어려우니 제가 생각하는 일반적인 생각들을 덧붙여봅니다. 먼저 소설가가 번역한 소설은 가독성도 좋고 번역체에 익숙하지 않은 독자들이 읽으면 보다 편하게 읽을 수 있다는 장점이 있습니다. 그런 점에서 안정효 작가가 번역한 올더스 헉슬리의 『멋진 신세계』, 김영하 작가가 번역한 피츠제럴드의 『위대한 개츠비』, 김연수 작가가 번역한 레이먼드 카버의 『대성당』을 추천합니다.

문학은 내용 중에 다른 작품이나 역사적 인물들이 언급되는 경우도 있고 그 나라 사람이 아니면 이해하지 못하는 내용이 있을 수도 있습니다. 이런 부분에 대해 본문 속에 각주를 달아 설명을 덧붙여주는 번역가도 있는데 저는 기본 배경지식을 알 수 있어서 더 좋았습니다. 중역보다는 작가가 원래 쓴 언어를 직접 번역한 책을 선택하는 게 좋고, 작품별로 번역의 차이가 있는 편이라면 번역가를 보고 선택할 수도 있습니다. 예전의 번역상의 오류를 수정하여 최근 다시 번역되어 나온 책을 선택하는 것도 좋은 방법입니다.

쉽고
재미있게
문학 읽는 법

당신의 인생 책을 떠올려보세요

문학을 읽어보기로 결심했다면 그다음은 어떤 책을 고를 것인가에 대한 고민이 시작됩니다. 사실 책을 골라 읽는 좋은 방법 중 하나는 다른 사람이 추천하는 책을 읽는 것입니다. 그런데 앞서서 말했듯이 문학은 취향에 따라 호불호가 많이 나뉘는 장르입니다. 누군가에게는 인생 책이라고 손꼽히는 책이 또 다른 사람들에게는 "왜 이런 책을 읽는 거야?"라는 이해할 수 없는 대상이 되기도 합니다. 예를 들어 한강의 『채식주의자』는, 저는 책이 담고 있는 메시지가 너무 좋았는데, 이 소설에 대해 거부감을 가지는 분들도 많이

보았습니다. 논란이 될 수 있는 부분은 주로 주인공 영혜와 형부의 관계였습니다. 그럼 개인 간의 차이가 있을 수 있다는 걸 전제로 하고, 이야기를 시작해보겠습니다. 누군가의 인생 책을 알게 되는 것은 언제나 즐거운 일이니까요.

먼저 저의 인생 책부터 소개해보겠습니다. 저는 이십대 이전에는 주로 소설을 읽었습니다. 소설 이외의 책들도 분명히 읽었을 텐데, 이상하게 별로 기억에 남는 책들이 없습니다. 소설 속에 빠져드는 느낌은 매우 특별하고 강렬했습니다. 이동진·김중혁의 『우리가 사랑한 소설들』이라는 책을 읽으며 "한 사람이 두 개의 삶을 살 수는 없지만 소설은 두 개의 삶을 보여줄 수 있잖아요. 우리가 소설을 쓰거나 읽는 이유는 수많은 삶을 볼 수 있기 때문이고, 그 삶으로부터 배울 수 있기 때문이거든요."라는 말에 공감했습니다. 소설가 김중혁 작가의 이 말이 소설을 좋아했던 마음을 대변해주는 문장이라고 생각했습니다.

나의 인생 책 세 권

저에게 인생 책을 꼽으라면 세 권 정도를 들 수 있습니다.
첫 번째는 『삼국지』입니다. 이 책을 인생 책이라고 말하는
이유는 내용이나 주제 때문이 아니고 독서에 몰입하는 계
기가 되었기 때문입니다. 이 책이 유독 기억에 남는 이유는
꼬박 일주일을 손에서 놓지 않고 쉬지 않고 읽어서입니다.
초등학교 5학년 여름방학 때였습니다. 방학이 되어 하루
종일 집에 있게 되니 여간 심심한 게 아니었습니다. 그때는
초등학생이 매일 공부하던 시절은 아니었으니까요. 시간
이 많으니 집에 있던 책들을 읽기 시작했습니다. 당시 집에

있던 삼국지는 세로로 글이 쓰여 있으면서 엄청나게 두꺼웠던 책인데 출판사도 번역자도 기억이 나지 않습니다. 총 다섯 권이었는데 더운 여름 땀을 뻘뻘 흘리면서 방 안에 틀어박혀 일주일 동안 읽었던 기억이 납니다. 내용도 재미있었지만 책의 맨 앞쪽에 등장인물이 자세히 그려져 있어 그림을 보는 재미도 좋았던 걸로 기억합니다. 등장인물이 워낙 많아서 이름을 다 기억하기가 쉽지 않았지만 다행히도 유비, 관우, 장비, 조조, 조운, 손권 등 두 자인 이름이 제법 있어서 어렵게 느껴지지는 않았습니다. 읽으면서 가장 좋아했던 인물은 제갈공명이었습니다. 아마도 지략이 뛰어난 사람을 좋아했던 것 같습니다. 그때나 지금이나 지적인 인물을 좋아합니다. 죽은 제갈공명이 산 사마의를 쫓아낸 에피소드는 너무 재미있었습니다. 반면에 장비, 여포 같은 캐릭터는 별로 좋아하지 않았는데, 성격이 급해서 충동적인 행동을 하고 이로 인해 화를 입는 유형의 사람이 싫었기 때문입니다. 그해 여름방학에 삼국지를 완독한 후 두꺼운 책을 읽는 것에 대한 거부감이 많이 없어졌고 그 후로도 역사 소설을 많이 읽게 되었습니다.

두 번째 책은 고등학교 2학년 때 읽었던 고미가와 준페이의 『인간의 조건』입니다. 앙드레 말로가 쓴, 같은 제목의 워낙 유명한 책이 있다보니 고미가와 준페이의 『인간의 조건』이라는 이 일본 소설은 잘 모르는 분들이 많을 텐데요. 예전에 문유석의 『쾌락독서』를 읽다가 이 책이 언급되어 있어서 놀라기도 하고 반갑기도 했습니다. 독서에 대한 책을 읽으면서 이 책을 언급한 경우를 보지 못했기 때문입니다. 고등학교 2학년 때 읽었던 책은 모두 세 권으로 되어 있었습니다. 그런데 2권까지만 읽고 차마 세 권은 읽지 못했습니다. 주인공이 결말에 가서 죽는다는 사실을 알았기 때문입니다. 주인공이 죽는다는 사실을 알고 마음이 괴로워서 주인공에게 보내는 편지를 일기장에 다섯 장이나 썼습니다. 세 권은 읽지 않고 있다가 학력고사를 보고 난 뒤에 읽었습니다. 무려 1년이나 읽지 않고 두었던 것이지요. (그런데 소설을 읽고 주인공에게 편지를 보내는 일은 어느 나라에서나 비일비재한가봅니다. 코넌 도일이 셜록 홈스 시리즈를 쓴 이후 크리스마스만 되면 실재하지 않는 주소인 베이커 거리에 카드가 엄청나게 온다는 글을 읽은 기억이 있습니다.) 이 소설은 전쟁에 반대하는 일본인 장교가 중일 전쟁 때 만주에서 겪은 이야기인데, 이 책을 읽고 전후 실존주의 책들을 좋아하게 되기도 했습니다.

세 번째는 한강의 『소년이 온다』입니다. 소설 읽기를 좋아했던 저이지만 현대 소설을 전공하면서 오히려 소설을 점점 읽지 않게 되는 기현상이 생겨났습니다. (그러니까 논문을 쓰기 위한 연구 대상이 되는 소설은 읽었지만 그 외의 취미로서 소설 읽기는 전혀 하지 않았던 시절이었습니다) 특히 아이를 한창 키우던 몇 년 동안은 소설을 거의 읽지 않았습니다. 정확한 이유는 기억이 안 나지만 아마도 소설과 현실과의 괴리감이 커지면서 더 이상 소설에서 감동을 받지 않게 되었기 때문입니다. 소설을 읽어도 여간해서는 집중을 하지 못했습니다. 그렇게 소설은 서서히 독서 목록에서 사라져가고, 대부분 심리학책이나 인문학책들로 대체되었습니다. 그러다가 한강 작가가 『채식주의자』로 인터내셔널 맨부커상을 받자 한강의 소설을 연달아 읽었습니다. 왠지 무겁거나 어둡고, 읽기 힘든 내용들일 거라고 막연히 생각했었는데 연달아 두 권의 책을 읽고 놀란 점은 정말 잘 읽힌다는 사실이었습니다. 주제의 무거움을 떠나서 이렇게 잘 읽히면서도 아름다운 언어로 작품을 쓸 수 있다는 사실에 놀랐습니다. 아마 앞으로도 이만큼 인간의 폭력성에 대해 문제제기를 하는 소설을 찾기 어렵겠다는 생각이 들었습니다. 한 가지 주제를 이렇게 묵직하게, 끝까지 밀어붙이는 게 놀라웠고, 이 소설을 읽으면서 다시 소설로 빠져들게 되었습니다.

누군가의 인생 책 들여다보기

이제 다른 분들의 인생 책은 어떤 책들이었는지 궁금해집니다. 자신의 독서사에 대해 쓴 작가들의 책을 바탕으로 다른 분들의 인생 책은 무엇이 있고, 독서의 세계로 이끈 책들은 어떤 작품이었는지 살펴보겠습니다.

먼저 도스토옙스키의 『죄와 벌』을 인생 책으로 꼽은 사람들입니다. 자신을 지식 소매상으로 칭하는 채사장은 『열한 계단』에서, 태어나 처음 읽은 책이 『죄와 벌』이었다고 말합니다. 그가 고2때 인생에 대한 목표도, 궁금함도 없이 방 안에 누워 있다가 태어나서 처음 집어든 책이 바로 이 책입니다. 이 책을 끝까지 다 읽고 난 채사장은 이전의 자신과 더 이상은 같을 수 없다는 사실을 깨닫습니다. 책을 통해 던져진 불편한 질문은 평화로웠던 자신의 세계를 부서뜨립니다. 책을 읽고 난 후 "인간은 무엇을 위해 사는 걸까? 삶의 이유와 목적은 무엇일까? 왜 초라하고 고통스러운 삶을 지속해야만 하는 걸까?"와 같은 질문들을 시작하게 되었다고 합니다. 이후로 인생의 매 시기마다 마주했던 질문에 대해 피하지 않고 답을 찾는 노력을 하게 됩니다. 그는 작은 질문 하나가 인생의 각도를 비틀고 생을 좌우하는데, 그 질문들의 공통점은 바로 '불편함'이었다면서 우리에게 '불편한' 책을 권합니다. 불편한 질문을 하면서 삶의 과정을 거치게 되면 표류하지 않고 항해하는 삶을 살 수 있게 된다는 조언도 덧붙여줍니다.

유시민 작가는 이십대 때 읽었던 책 중 삶과 생각에 큰 영향을 미친 책을 『청춘의 독서』에서 소개합니다. 여기서도 맨 처음으로 소개된 책이 『죄와 벌』입니다. 작가는 이 책이 "선한 목적은 선한 방법으로만 이룰 수 있으며 아무리 목적이 선하더라도 악한 수단을 정당화하지 못한다는 진리를 보여준 소설"이라고 말합니다. "선한 목적이 악한 수단을 정당화하는가?"라는 질문에 대해 처음에는 이를 알아채지 못했지만 다시 읽게 되자 도스토옙스키는 살인을 저지른 주인공이 겪었던 정신적·정서적 고통을 절절하게 그렸음을 깨닫게 되었다고 들려줍니다.

니코스 카잔차키스의 『그리스인 조르바』와 밀란 쿤데라의 『참을 수 없는 존재의 가벼움』을 인생 책으로 이야기하는 분들도 있습니다. 박웅현의 『책은 도끼다』와 이동진·김중혁의 『우리가 사랑한 소설들』에서 이 두 권에 대한 애정이 느껴집니다. 박웅현은 『책은 도끼다』에서 "내가 읽은 책들은 나의 도끼였다. 나의 얼어붙은 감성을 깨트리고 잠자던 세포를 깨우는 도끼. 도끼 자국들은 내 머릿속에 선명한 흔적을 남겼다. 어찌 잊겠는가? 한 줄 한 줄 읽을 때마다 쩌렁쩌렁 울리던, 그 얼음이 깨지는 소리를."이라고 말하면서 책이 한 사람에게 주는 영향력에 대해 들려줍니다. 저자는 책 읽기를 통해 나날의 삶이 풍요롭고 행복해졌다고 고백하는데, 이중에서 『참을 수 없는 존재의 가벼움』은 읽을 때마다 새로운 발견을 하게 되는 책이며, 성과 사랑, 정치와 역사, 신학과 철학까지 아우르고 있는 한 편의 소설이 주는 감동의 무게가 결코 가볍지 않다고 말합니다. 이동진·김중혁 역시 『우리가 사랑한 소설들』에서 『참을 수 없는 존재의 가벼움』이 사랑과 연애를 다룬 통찰력 있는 소설이라고 말하면서 의미 있게 평가합니다.

니코스 카잔차키스는 그리스 문학을 대표하는 소설가로, 터키 지배를 겪으며 어린 시절을 보냈습니다. 그는 이런 경험을 바탕으로 주로 민족주의 성향의 글을 썼고, 1951년과 1956년, 노벨문학상 후보로 지명되었지만 노벨상을 받지는 못했습니다. 하지만 그의 소설들은 자유를 갈망하는 많은 사람들에게 큰 영향력을 남겼습니다. 『그리스인 조르바』를 읽으면 삶을 어떻게 살아가야 할지 고민해보게 됩니다. 조르바의 삶은 거침이 없고 다른 사람의 시선을 신경 쓰지 않습니다. 그는 지금 여기에 현존하는 삶을 살아가는 인물입니다. 이 소설은 밀란 쿤데라의 『참을 수 없는 존재의 가벼움』과 함께 존재의 문제에 대해 심도 깊게 다룬 작품으로 평가됩니다. 조르바는 조국, 종교, 돈으로부터 벗어나 가볍게 살아갑니다. 조르바처럼 결국 자신의 마음이 이끄는 대로 살면서 현재를 만끽하는 게 니체가 말하는 초인의 삶에 가까운 것이 아닐까 생각해봅니다.

가브리엘 가르시아 마르케스의 『백년 동안의 고독』을 인생 책으로 꼽은 분도 많습니다. 마르케스의 소설은 현실과 환상, 역사와 설화, 객관과 주관이 뒤섞여 있지만 이러한 혼돈 속에서도 현실을 날카롭고 깊이 있게 드러냅니다. 그의 이런 작풍은 '마술적 리얼리즘'으로 평가받고 있습니다. 남궁인 작가는 『차라리 재미라도 없든가』에서 "인생에서 가장 좋았던 책이 뭐였냐는 질문을 자주 받는데, 그러면 꼭 5위 안에 『백년 동안의 고독』을 넣는다"고 말합니다. '어떤 한 경지나 차원으로 느껴졌던 마르케스의 마술적 리얼리즘 속 세계를 처음 접한 순간을' 잊기 어려웠기 때문이라고 하네요.

성장 스토리로 시작해보는 건 어떨까?

어려운 소설은 싫고, 어두운 내용의 소설은 더욱 끌리지 않는다면 성장 스토리로 시작해보는 건 어떨까요? 소설의 내용이 내가 경험했거나 경험하고 있는 세계와 동떨어져 있으면 이야기에 몰입하기 어려울 수 있습니다. 그런 점에서 가장 쉽게 접근할 수 있는 문학 주제 중 하나는 '성장'입니다. 누구나 어른이 되어가는 과정을 거치며, 그 과정에서 혼란과 갈등을 경험하기 마련이니까요.

청소년 시절, 주변 친구 중에는 어른이 빨리 되고 싶다고 말하는 아이들도 있었지만 저는 어른이 되는 게 두려웠습니다. 모든 일을 내가 스스로 선택하고 결정하고 책임을 져야 하는 게 자신이 없었거든요. 중요한 일을 결정하는 순간이 찾아오면 다른 사람에게 의존하고 싶고 누군가의 그늘 뒤에 숨고 싶다는 생각을 자주 했습니다. 몸은 어른이 되어갔지만 마음은 단단해지지 못해 고민하는 시간들이 점점 늘어났습니다. 그러면서 다른 사람들은 이 시기를 어떻게 보내는지 궁금해졌습니다. 이때부터 성장 스토리에 점점 빠져들게 되었습니다. 지금도 소년이나 소녀가 등장하는 성장 스토리를 무척 좋아합니다.

흔히 성장 스토리라고 하면 '십대 청소년들만 읽는 소설 아니야?'라고 생각할 수도 있습니다. 실제로 청소년 시기에 읽으면 방황하고 힘든 시기를 겪고 있는 주인공에게 쉽게 감정이입을 하게 됩니다. 다들 이렇게 앓고 지나가는 구나 느끼기도 합니다. 그러나 청소년 시기를 지나 일상적 삶에 안착했다고 생각하는 성인 시기에 성장 스토리를 읽으면 더 큰 감동이 있습니다. 젊은 시절에 대한 향수와 그리움에 젖기도 하고, 감수성 예민했던 시절의 감성을 떠올리며 과거로의 시간 여행을 떠나기도 합니다. 게다가 성인이 되었다고 해서 인생의 길에 대한 명확한 해답을 찾는 건 아니니 앞으로의 삶에 대한 계획과 꿈도 점검해보는 계기가 될 수 있습니다.

데미안과 함께한 그 시절

성장 스토리 중 가장 먼저 떠오르는 책은 헤르만 헤세의 『데미안』입니다. 청소년 시기에 누구나 한 번쯤 읽었을 법한 이 소설을 최근 다시 읽었습니다. 얼마 전 독서 모임에서 두 번 이상 읽은 책에 대해 대화를 나눈 적이 있는데요. 어느 이십대 분이 자신의 어머니가 매년 헤르만 헤세의 『데미안』을 꺼내 읽는다는 이야기를 들려주었습니다. 해마다 한 번씩 읽을 정도라니, 이 책의 매력은 무엇일까요?

이 책은 유년의 순진함에서 벗어나 현실에 눈을 떠가는 과정, 그리고 그 과정에서 겪는 심리적 혼란과 사회적 압박으로부터 벗어나고자 하는 청소년의 심정을 생생하게 보여줍니다. 대표적인 성장 소설이라고 평가받는 이 책은 성장통을 열병처럼 앓던 시절이 지났음에도 불구하고 언제 읽어도 깊은 공감을 불러일으킵니다. 특히 프롤로그의 첫 문장, "내 속에서 솟아 나오려는 것. 바로 그것을 나는 살아보려고 했다. 왜 그것이 그토록 어려웠을까"라는 문장에 이 책의 주제가 함축적으로 담겨 있습니다.

자신의 본래 모습을 그대로 인정하고 받아들이기까지 거쳐야 할 지난한 과정은 누구나 힘듭니다. 헤세는 이를 두 개의 서로 다른 대립적 세계의 부딪힘으로 그려냅니다. 세계는 선과 악, 허락된 것과 금지된 것들로 나뉘어 있는데 주인공 싱클레어의 의식에서 밝은 세계와 어두운 세계는 대립합니다. 어두운 세계를 대표하는 인물은 크로머입니다. 부모와 누이의 따뜻한 보호를 받고 자라던 싱클레어는 동네 아이들이 두려워하는 크로머와 걷다가 예기치 않게 모험담을 꾸며 말하면서 어둠의 세계를 경험합니다. 어둠을 뚫고 가야 하는 싱클레어를 안내하는 사람은 데미안입니다. 데미안은 싱클레어보다 한두 살 위의 어른 같은 확고함을 가진 영리한 소년입니다. 데미안은 싱클레어의 친구지만 또 다른 자아로 볼 수도 있습니다. 데미안의 도움으로 크로머로부터 벗어난 싱클레어는 부모의 집으로 돌아가지만 더 이상 집은 그에게 은신처가 되지 못합니다. 이제 그는 혼자서 자신의 길을 걸어가야 합니다. 오랜 방황 끝에 그의 내면은 성숙해집니다.

인간은 자신의 삶이 어떤 모습으로 완성될지 정확히 알지 못합니다. 헤세는 어떤 사람도 완전히 자기 자신이 되어본 적은 없지만 그럼에도 불구하고 누구나 자기 자신이 되려고 노력한다고 말합니다. 어둠에서 자유로워지려면 어둠을 알아야 하듯이, 자신을 이해하려면 자신에 대해서 알아나가야 합니다. 누구나 나를 찾기 위한 여정에 놓여 있다는 점에서 우리는 자아의 껍질을 깨고 나와 경계를 넓혀나가야 할 것입니다. 이런 역할을 해주는 것 중 하나가 바로 문학일 테지요.

『데미안』과 비슷한 주제를 다루는 소설로 J.D. 샐린저의 『호밀밭의 파수꾼』이 있습니다. 이 책은 성장통을 앓고 있는 홀든 콜필드라는 소년의 이야기입니다. 명문 사립학교에 다니는 16세 소년 홀든 콜필드는 낙제하여 퇴학을 당한 후 집에 돌아가지 않고 2박 3일 동안 뉴욕에서 방황합니다. 구원이 필요한 홀든에게 도움을 주는 사람은 없습니다. 시나리오 작가인 형은 할리우드에 진출해 자신의 재능을 팔아 살아가고, 선생님은 동성애적 유혹의 손길을 보내옵니다. 여자친구는 주류 사회에 편입하는 것에 관심이 있을 뿐입니다. 퇴학을 당하고 온 콜필드에게 여동생 피비는 "오빠가 뭘 좋아하는지 한 가지만 말해봐"라고 말합니다. 그 질문에 홀든은 아이들이 뛰어놀다가 떨어지지 않도록 호밀밭의 파수꾼이 되고 싶다고 말을 합니다. 이 소설을 읽으며 우리는 인생에서 가장 놓고 싶지 않은 것, 붙잡고 싶은 것은 무엇일까를 곰곰이 생각해보게 됩니다.

소녀의 성장을 담은 이야기들

소년이 주인공인 성장 스토리가 훨씬 많지만 소녀가 등장하는 성장 스토리도 있습니다. 김진애는 『여자의 독서』에서 남성이 주인공인 성장 소설에는 별 감흥을 느끼지 못했다고 합니다. 그래서 『데미안』이나 『호밀밭의 파수꾼』을 감명 깊게 읽지 않은 대신 여성 작가가 쓴 성장 소설의 여 주인공에게서 위로를 받았다고 합니다. 『작은 아씨들』의 조, 『빨간 머리 앤』의 앤, 『제인 에어』의 제인 에어, 『오만과 편견』의 리즈 등입니다.

여성이 주인공인 성장 소설 중에는 『앵무새 죽이기』도 있습니다. 1961년 퓰리처상을 수상한 하퍼 리의 『앵무새 죽이기』는 십대 소녀 스카우트의 눈으로 바라본 1930년대 미국 사회의 모습을 보여줍니다. 대공황의 여파로 사람들 의 마음이 피폐해지고 인종 간의 대립과 갈등이 첨예해지 고 있는 상황을 배경으로 한 소설인데요. 하퍼 리는 『파수 꾼』이라는 소설을 써서 출판사에 보냈는데 이를 좀 더 고 쳐서 써보라고 해서 『앵무새 죽이기』를 쓰게 되었다고 합 니다. 이 작품은 출간되면서 엄청난 주목을 받는데, 그 뒤 로 하퍼 리는 다른 소설을 전혀 쓰지 않은 것으로 알려져 있습니다. 이 소설은 지금 읽어도 아주 재미있고 가독성도 좋습니다. 흑인의 인권 문제를 통해 정의와 양심, 용기와 신념이란 과연 무엇인가를 생각해보게 합니다.

국내 주요 성장 소설들

국내 소설 중에서는 먼저 은희경의 『새의 선물』을 추천해 봅니다. 제1회 문학동네 소설상을 받은 이 작품에는 '위악적' 시선을 가지고 있는 진희가 주인공으로 등장합니다. 성장 소설이면서 당시 우리 사회의 세태를 실감나게 그린 소설이기도 합니다. 1995년 무궁화호가 발사되는 광경을 보며 화자는 아폴로 11호가 달을 향해 발사되던 1969년 열두 살이었던 소녀 시절을 회상합니다. 지방 소읍에서 부모 없이 외할머니 슬하에서 지내던 진희는 '삶이 내게 별반 호의적이지 않다는 것을 알았기에 열두 살에 성장을 멈췄다'고 선언합니다. 그런 소녀의 눈에 어른들의 삶은 허위에 차 있고 우스꽝스럽게 비쳐집니다. 남의 속내를 예리하게 간파해내는 조숙한 아이인 진희가 바라보는 동네 사람들의 삶 속에 진희의 성장담이 함께 녹아 있는 작품으로 흥미롭게 읽을 수 있습니다.

손원평의 『아몬드』 역시 흥미로운 설정이 돋보이는 소설입니다. 이 소설의 주인공 윤재는 편도체가 보통사람들보다 작아 감정을 느끼지 못하는 소년입니다. 분노와 공포도 잘 느끼지 못합니다. 서점을 하시는 엄마 덕분에 윤재는 책을 읽게 되고, 열다섯 살까지는 엄마와 할머니의 지극한 사랑 덕에 별 탈 없이 지냅니다. 그러나 크리스마스이브인 윤재의 열여섯 번째 생일날 비극적인 사고가 일어나 할머니는 죽고, 어머니는 혼수상태에 빠지는 불행이 닥칩니다.

이러한 윤재 앞에 '곤이'라는 인물이 나타납니다. 곤이는 윤재에게 자신의 분노를 쏟아내지만, 감정의 동요가 없는 윤재 앞에서 오히려 쩔쩔매고 맙니다. 서로 괴물이라고 불리는 두 소년은 관계를 맺으며 변화를 겪는데 이 과정이 인상적으로 그려집니다. 두 소년은 각자 가지고 있는 결함에도 불구하고 이를 딛고 성장합니다. 그 밑바탕에는 서로에 대한 사랑이 깔려 있습니다.

성장 소설은 청소년이 읽어도 좋지만 어른들이 읽어도 가슴 뭉클한 감동을 느낄 수 있습니다. 어른이 되어서도 우리는 꿈을 꾸고, 이루려고 노력하니까요. 넓은 관점으로 보자면 인간은 어른이 된 후에도, 그리고 죽을 때까지 성장해나가는 존재라고 할 수 있습니다. 그렇기 때문에 성장 소설이 우리의 마음을 사로잡는 것 아닐까요? 여전히 혼란스럽고, 확신이 없는 나의 길 위에서 앞으로 또 어떤 성장 스토리가 즐거움을 줄지 기대가 됩니다.

그 밖에 읽어볼 만한 성장 소설

베티 스미스 『나를 있게 한 모든 것들』
심윤경 『나의 아름다운 정원』
에밀 아자르 『자기 앞의 생』
할레드 호세이니 『연을 쫓는 아이』
샨샤 『바둑 두는 여자』
로버트 뉴튼 펙 『돼지가 한 마리도 죽지 않던 날』
바바라 오코너 『개를 훔치는 완벽한 방법』
팀 보울러 『러버 보이』

미래 사회를 다룬 이야기는 어때?

다가올 미래 사회의 모습은 어떠할까요? 성장 스토리 다음으로 흥미롭게 접근할 수 있는 주제로 미래 사회의 모습을 그린 작품들을 추천해보겠습니다. 특히 과학에 관심이 많은 분들이라면 더 흥미롭게 읽을 수 있을 텐데요. 저는 어린 시절부터 미래 사회의 모습에 관심이 많았습니다. 물질 문명의 발달과 함께 찾아올 세계는 과연 어떤 모습일지 궁금합니다. 미래 사회를 다룬 소설은 현실에서는 아직 이루어지지 않은 과학 기술의 설정을 통해 인간 내면의 본질을 끌어낼 뿐 아니라 무엇보다 상상력에 기초한 흥미로운 세계가 독자들의 호기심을 채워줍니다. 물론 소설의 내용이 비현실적이라는 이유로 진입장벽을 느끼는 분들도 있을 테지만요.

미래 사회에 대한 디스토피아적 전망을 하는 소설 몇 편을 추천해보겠습니다. 디스토피아Dystopia는 유토피아와 반대되는 사회를 가리키는 말입니다. 주로 전체주의적인 정부에 의해 억압받고 통제받는 모습으로 그려집니다. 이 단어는 존 스튜어트 밀이 의회 연설에서 처음 사용한 단어로 '나쁜 장소'를 가리키는 의미로 쓰였습니다. 디스토피아적 전망을 하는 소설들은 현재 사회에 대한 경고를 함축하고 있기 때문에 객관적으로 우리 자신의 모습을 들여다보게 합니다. 문학적으로 의미 있으면서 대중적 인기를 얻은 작품 중 올더스 헉슬리의 『멋진 신세계』, 조지 오웰의 『1984』, 레이 브래드버리의 『화씨 451』, 마거릿 애트우드의 『시녀 이야기』를 추천합니다. 최근 SF 분야에서 중국계 작가들이 두각을 나타내고 있는데, 그들의 작품은 4부의 SF 문학상인 휴고상과 네뷸러상에서 소개하도록 하겠습니다.

멋진 신세계가 말하는 인류의 미래

1932년에 발표된 올더스 헉슬리의 『멋진 신세계』에 등장하는 미래 사회 모습은 너무 그럴듯해 보여서 놀라울 정도입니다. 1932년에 인류의 미래에 대해 이 정도의 통찰력을 발휘해서 작품을 썼다니요. '멋진 신세계'의 사람들은 어느 누구도 불행하지 않습니다. 이 세계에는 굶주림과 실업, 가난도 존재하지 않습니다. 질병과 전쟁도 없으며, 어디든 청결하고 위생적인 환경이 주어집니다. 예상 수명도 높고 심지어 늙어도 표가 나지 않습니다. 이곳에 사는 사람들은 고독하거나 불안해하지도 않으며 항상 즐거워합니다. 누구와도 섹스를 할 수 있으며, 모든 가능한 것들을 소비하는 삶을 살고 있습니다. 약간의 우울함이 느껴지면 '소마Soma'라는 마약을 먹습니다. 이 약은 기분을 고양시킬 뿐 아니라 마음을 안정시키고 편안한 환각 상태를 유발합니다.

장래에 광부와 철강공으로 결정된 태아들은 열기에 익숙하게 태어납니다. 이 사회에서는 누구도 자신의 운명을 거스르겠다는 생각을 감히 하지 못합니다. 모든 태아들이 이런 식으로 장래의 사회적 역할에 길들여지는 삶은 두렵게 느껴질 정도입니다. 계급별로 사람들은 자신들의 일과 생활에 만족하며 살아가지만, 이 모습을 보며 우리는 '과연 이들이 진정한 자유를 누리고 있는 것일까?'라고 진지하게 질문을 던지게 됩니다. 이 책의 세계는 계급 사회를 유지하기 위해 사람을 대량으로 부화시키고, 각자 정해진 계급으로 세뇌시켜 계급 간의 혼동이나 분쟁이 일어날 수 없는 안정된 사회, '멋진 신세계'입니다.

1984, 미래 사회에 대한 비판

미래 사회에 대한 비판의식은 조지 오웰의 소설 『1984』에서 보다 강력하게 드러납니다. 이 작품의 배경이 되는 사회는 극단적인 전체주의로, 빅브라더가 이끄는 당이 모든 것을 통제합니다. 빅브라더는 개인의 모든 행위를 감시하는 텔레스크린과 사상경찰 같은 시스템으로 개인을 감시합니다. 주인공 윈스턴은 당과 관련된 매체의 보도를 허위로 조작하고 재배포하는 일을 담당하는 당원이면서도 당에 대해 저항감을 가진 인물로 등장합니다.

당은 '전쟁은 평화 / 자유는 예속 / 무지는 힘'이라는 슬로건을 내세웁니다. 이 세 가지 슬로건은 빅브라더가 사람들을 지배하는 데 가장 중심이 되는 '이중사고'를 나타내는 말이기도 합니다. 주인공 윈스턴이 체포된 이후 오브라이언은 윈스턴에게 알고 있는 사실을 말해보라고 합니다. 오브라이언은 물질적 증거가 없는 윈스턴의 기억은 기록되지 않았기 때문에 진실이 될 수 없으며, 진실은 당의 눈을 통해서만 볼 수 있다고 말합니다. 이 소설에서 과거의 기록은 당에 의해 조작되고, 삭제됩니다.

세뇌된 윈스턴은 완벽하게 순종하는 체제의 도구가 되어 인간으로서는 죽은 것과 마찬가지라고 볼 수도 있습니다. 빅브라더와 같은 절대 권력은 언제든지 원하는 대로, 인간을 조종할 수 있고 통제할 수 있기 때문입니다. 앞으로의 미래 사회에서는 빅브라더가 통제하는 사회처럼 빅 데이터가 개인의 모든 기호와 취향, 동선까지 다 파악하게 될 수도 있으니 학자들이 말하는 '데이터교'는 또 다른 의미에서의 빅브라더가 될지도 모르겠습니다.

『1984』의 사회가 빅브라더에 의해 통제되는 세상이고, 『멋진 신세계』의 사회가 인간마저도 상품처럼 생산되고 감각적 쾌락을 추구하며 살아가는 사회인 반면 레이 브래드버리의 『화씨 451』은 책이 금지된 사회의 이야기를 담고 있습니다. 1950년대에 예측한 미래 사회의 모습이 지금의 책을 읽지 않고 깊은 사유를 하지 못하는 사람들의 모습을 반영하고 있어 그 설정이 놀랍기만 합니다. 이 소설의 주인공 몬테그는 방화수fireman입니다. 방화수란 불을 끄는 게 아니라 책이 어딘가에 숨겨져 있다는 신고를 받으면 출동해서 책과 집을 태우는 일을 하는 사람입니다. 대를 이어하고 있는 방화수라는 직업에 자부심을 가지며 살아온 몬테그는 어느 날 옆집에 이사 온 클라리세를 만나고 그녀와 이야기를 나누면서 이전에는 생각하지 못했던 것들에 대해 의문을 가지기 시작합니다. 클라리세는 몬테그에게 그동안 태웠던 책들 중에 한 권이라도 직접 읽어본 것이 있는지를 묻습니다. 또 지금 생활이 진심으로 행복한지를 묻기도 합니다. 그는 행복하다고 답했지만 곧이어 자신이 행복하지 않다는 사실을 깨닫게 됩니다. 그의 아내 밀드레드는 하루 종일 삼면의 벽을 가득 채운 텔레비전 앞에 앉아서 TV 속의 인물이 가족이라고 느끼며 살아가고 있습니다.

며칠 후 몬테그는 클라리세가 사라졌음을 알게 됩니다. 그의 머릿속에서 '책은 정말 나쁜 것일까? 책은 삶을 불행하게 할까?'라는 의문은 점점 커져갑니다. 어느 날 그는 책을 태우는 현장에서 금지된 책을 몰래 집으로 챙겨와 읽게 됩니다. 비밀스럽게 책을 읽으며 몬테그는 마음이 텅 빈 채 살아왔던 지난날의 자신을 되돌아보며 죄의식과 자괴감을 느낍니다. 그리고 이대로는 삶을 계속 이어나갈 수 없다고 생각합니다. 책의 제목인 '화씨 451'은 책이 불타는 온도를 상징하고 있으며 책이 없는 세상, 생각을 하지 못하는 사람들, 속도와 실용만을 추구하는 세상은 결국 파멸에 이를 수 있음을 경고하고 있습니다.

디스토피아적 설정 중 특히 여성을 계급화하는 부분에 초점을 맞춘 작품도 있습니다. 바로 마거릿 애트우드의 『시녀 이야기』입니다. 21세기 중반, 전 지구적인 전쟁과 환경오염, 각종 성 질환으로 출생률이 급격히 감소하면서 미국은 극심한 혼란 상태에 빠지게 됩니다. 이때 가부장제와 성경을 근본으로 한 전체주의 국가 길리아드가 일어나 국민들을 폭력적으로 억압합니다.

전체주의 국가 길리아드는 『1984』의 빅브라더를 연상시킵니다. 길리아드는 규율을 어기는 자들에 대해서는 무차별적으로 공개처형을 하는 등 폭정을 휘두릅니다. 이 소설에서 여성은 하녀, 시녀, 아주머니로 철저하게 계급화되어 나뉘는데, 그중에서도 시녀는 여성을 오직 자궁이라는 생식 기관을 가진 도구로만 본다는 설정입니다. 이야기는 루키와 아이를 낳아서 평범하게 살아가던 과거의 주인공과 시녀로서 살아가는 현재가 교차 서술되어, 화자가 느끼는 혼란스러움이 생생하게 전달됩니다. 이 소설의 결말은 열린 결말에 가깝습니다. 닉과 함께 탈출하는 것처럼 암시되어 있지만 구체적으로 제시되어 있지는 않습니다. 역사적 주해 방식으로 기록의 진위 과정을 밝혀나가는 후일담이 소설의 맨 마지막에 첨부되어 있어 흥미를 더해줍니다.

그 밖의 미래 사회를 다룬 소설 추천

로이스 로리 『기억 전달자』, 『파랑 채집가』, 『메신저』

필립 K. 딕 『안드로이드는 전기양의 꿈을 꾸는가』

코맥 매카시 『더 로드』

예브게니 이바노비치 자먀찐 『우리들』

레이 브래드버리 『화성 연대기』

아서 클라크 『유년기의 끝』

소설 재미있게 읽는 법

캐릭터에 공감하기

얼마 전 아이가 소설 읽기를 싫어한다면서 어떻게 하면 문
학과 친구가 될 수 있을지, 문학을 감상하는 방법을 물어온
분이 있었습니다. 이성적인 편인 아이가 작품을 읽어도 인
물의 감정에 공감하지 못한다는 말도 덧붙였습니다. 문학
과 친구가 되려면 소설에 등장하는 인물에 빠져보는 게 제
일 쉽고 기본적인 방법입니다. 인물은 소설 구성에 있어 가
장 중요한 요소이니 다른 무엇보다 인물에 집중하는 게 필

요합니다.

　만약 인물의 감정에 공감하거나 행동을 이해하기 어렵다면 내가 좋아하는 캐릭터의 유형이 무엇인지부터 파악해보는 게 좋습니다. 모든 사람들에게 호의를 느끼지 않듯이 소설 속 인물에도 내가 좋아하는 유형과 그렇지 않은 유형이 있습니다. 잘 모르겠다면 영화나 드라마 등을 생각해봐도 좋습니다. 내가 좋아하는 유형의 인물이 등장하는 소설로 시작해서 영역을 넓혀나가는 것도 한 방법입니다. 제가 매력적으로 느끼는 유형 중 한 캐릭터는 의지력이 강하며 지적인 인물입니다. 아마 그래서 제가 어릴 적 추리 소설을 좋아했나봅니다. 특히 코난 도일의 셜록 홈스 캐릭터를 좋아했는데, 홈스는 풀기 어려운 사건이 없으면 아주 우울해하다가 복잡한 사건이 생기면 생기가 살아나 특유의 추리 실력으로 사건을 해결해나갑니다. 만약 문제를 풀고 그 과정을 이해하는 방식을 즐기는 식의 지적 활동, 호기심이 해결되는 방식의 과정을 즐긴다면 추천하고 싶은 분야는 추리적 기법이 들어간 소설이나 SF입니다. 반드시 이 장르의 소설이 아니더라도 이러한 기법을 차용하고 있는 소설이라면 좋겠지요.

소설을 원작으로 한 영화와 함께 보기

두 번째로 추천하는 방법은 소설을 원작으로 한 영화를 함께 보는 방법입니다. 소설을 원작으로 한 영화는, 대부분 사람들에게 관심을 많이 받았던 작품입니다. 이미 스토리로 사람들의 인정을 받았기 때문에 영화로 제작하려면 더 고민이 될 수밖에 없습니다. 어떻게 제작해도 인기가 많았던 원작을 뛰어넘기가 쉽지 않기 때문입니다. 원작을 영화화할 경우 두 가지 방향이 있습니다. 원작을 충실하게 영화로 옮기는 경우와 원작을 새롭게 재해석하는 경우입니다. 후자의 경우를 선택한다면 부담감은 더 커지기에 성공하기가 쉽지만은 않습니다.

독자의 입장에서는 어떨까요? 재미있게 본 책을 영화로 보는 경우와 영화를 보고 인상 깊어서 원작을 찾아보는 경우 중 어느 쪽이 더 나을까요? 저 역시 소설을 먼저 보고 영화를 본 경우도 있고, 영화를 먼저 본 후 소설을 읽은 경우도 있습니다. 개인적으로는 영화를 보고 원작을 찾아 읽는 것이 더 낫다고 생각합니다. 소설을 읽었는데 영화를 본다는 건 그만큼 원작에 대한 애정이 강하다는 뜻입니다. 기대가 크면 실망도 클 수 있기 때문에 원작을 충실하게 영화로 옮겨도 '어쩐지 아쉬운데'라고 생각이 들 수 있습니다. 영화를 보고 원작을 찾아 읽으면 영화에 나오지 않는 세부적 내용에 대해 알게 되고, 인물의 내면 심리를 알게 되는 재미도 있습니다. 영화는 두세 시간 내에 끝내야 하는 시간적 제한이 있기 때문에 영화에서 다 드러내지 못한 부분은 책을 통해 채워나갈 수 있어서 둘 다 보게 되면 이해가 깊어집니다. 다 그런 것은 아니겠지만 원작의 길이가 짧을수록 영화가 완성도 있을 확률이 높은 게 아닌가 하는 생각까지 듭니다. 원작의 분량이 길면 길수록 작품을 압축해서 두 시간으로 만들게 되어 생략해야 할 부분이 많아지고, 원작을 이미 읽은 사람들에게는 실망을 안겨줄 수도 있으니까요.

소설에는 분명한 강점이 있습니다. 다른 장르의 예술보다 인간의 심리를 치밀하게 파헤칠 수 있다는 점입니다. 예를 들어 영화는 정해진 시간과 영화라는 장르적 규칙이 있어 한 인물의 심리를 오랫동안 파헤치기가 쉽지 않습니다. 그러나 소설은 작가가 마음먹기에 따라 수십 페이지에 걸쳐 인물이 겪는 마음의 풍경을 계속 써나갈 수 있습니다. 영화는 우리가 어떤 상상을 했든지 그 역할을 하는 배우의 이미지를 통해 형상화됩니다. 배우에게 내가 생각했던 인물의 자리를 내주어야 하는 것이죠. 물론 내가 생각했던 인물과 딱 맞아떨어지는 연기자가 나오면 실사로 보는 기쁨도 크기는 하죠. 반면 소설은 우리가 상상하고 만들어낸 세계 속에 계속 머물 수 있게 해줍니다. 읽으면서 계속 퍼즐을 맞춰나가야 하고 의미를 해석해나가야 하기 때문에 읽는 과정은 힘들고 어렵지만 그만큼 기쁨과 즐거움을 주기도 합니다.

영화가 원작에 충실하면서도 만족스러웠던 몇 가지 예를 들어보겠습니다. 2017년 노벨문학상을 수상한 작가 가즈오 이시구로의 대표작인 『나를 보내지 마』는 그가 2005년 발표한 소설입니다. 간병사 캐시의 눈을 통해 인간의 장기 이식을 목적으로 복제된 클론들의 이야기를 그려내고 있습니다. 이 소설을 원작으로 한 마크 로마넥 감독의 『네버 렛 미 고』는 2010년 제작되어 개봉했습니다. 이 영화는 주인공인 캐시(캐리 멀리건), 토미(앤드루 가필드), 루스(키이라 나이틀리)의 미묘한 삼각관계를 중심으로 담담하면서도 서정적인 흐름을 보여줍니다. 줄거리는 기본적으로 원작의 흐름을 그대로 따라갑니다. 화려한 볼거리나 미래 사회의 모습은 보이지 않습니다. 원작에 비해 세 사람의 사랑 관계에 치중한 느낌을 주지만 충분히 추천할 만합니다.

1998년에 노벨상을 받은 포르투갈의 작가 주제 사라마구의 『눈먼 자들의 도시』는 동명의 영화가 2008년에 제작되었습니다. 영화는 원작의 스토리를 충실하게 재현합니다. 소설에서도 인상적인 장면이 있는데 이 장면이 영화에서는 참 따뜻하게 묘사되어 더 감동적이었습니다. 수용소를 나온 일행은 안과의사의 집으로 가서 머무릅니다. 그날 밤 거센 비가 내리고 의사의 아내, 처음 눈먼 남자의 아내, 색안경을 쓴 여자 세 명은 베란다에서 몸을 씻고 빨래를 합니다. 소설에서도 아름다운 장면이었는데 영상으로 보니 더 멋지더군요. 서로를 돕고 의지하면서도 자유로움을 누리는 모습에서 그들의 기쁨이 전해지는 듯했습니다.

얀 마텔의 『파이 이야기』는 영화와 책 모두 훌륭했습니다. 이안 감독이 영화화한 『라이프 오브 파이』는 특히 영상이 너무 아름다웠고, 원작을 더 풍성하게 표현해준 느낌이 좋았습니다. 『콜 미 바이 유어 네임』은 소설과 영화 둘 다 좋았는데 영화는 연기도 좋았고 배경이 특히 좋아서 손에 잡힐 듯이 느껴졌습니다. 소설은 문장이 유려하고 관능적이라서 인상적이었습니다. 이언 맥큐언의 『체실 비치에서』 역시 책과 영화 모두 좋았습니다. 영화는 주인공 에드워드를 원작에 비해 좀 더 미숙하게 그리고 있는데 결말에서 드러나는 인물의 후회를 강조하기 위해서로 보입니다.

원작을 보다 완성도 있게 영화화했다고 느낀 작품은 테드 창의 「당신 인생의 이야기」를 영화화한 『컨택트』입니다. 소설에서 다룬 언어학과 물리학 중 영화는 언어학을 중심으로 이야기를 풀어나갔는데 영화라는 장르적 성격을 고려했을 때 아주 효과적이었습니다.

코맥 매카시의 『노인을 위한 나라는 없다』를 영화화한 작품도 인상적입니다. 모스는 사막에서 영양을 쫓다가 우연히 유혈이 낭자한 총격전의 현장을 발견합니다. 그곳에는 참혹한 시체들과 마약, 200만 달러가 넘는 돈 가방이 있었습니다. 모스는 가방을 챙겨 그곳을 떠났다가 물을 애타게 원하던 중상자가 마음에 걸려 그날 밤 물병을 가지고 다시 현장을 찾아갑니다. 생존자는 이미 누군가에 의해 살해당했고, 이제 그를 전대미문의 무시무시한 살인청부업자 안톤 시거가 추적하기 시작합니다. 코엔 형제가 만든 이 영화에서 하비에르 바르뎀이 연기한 안톤 시거는 압도적이었습니다. 이 영화에는 BGM이 없는데 영화가 끝날 때까지도 그 사실을 깨닫지 못할 정도였습니다. 소설의 줄거리를 그대로 따라감에도 불구하고 긴장감은 극에 달했던 인상적인 영화였습니다.

한 작가의 작품을 이어서 읽어보기

소설을 재미있게 읽는 세 번째 방법은 한 작가의 작품을 이어서 읽기입니다. 이 방법은 어느 정도 문학 읽기의 재미를 느끼게 되었을 때 시도해보기를 추천드립니다. 특별히 와 닿는 부분이 있거나 재미있게 읽게 되면 그 작가가 쓴 다른 소설은 무엇이 있는지 찾아서 읽어봅니다. 그러다보면 매년 좋아하는 작가가 한두 명씩 새로 생겨나는 즐거움을 만끽하기도 합니다.

예를 한번 들어볼까요. 저는 한강 작가가 『채식주의자』로 맨부커상 인터내셔널 부문을 받아 주목을 받은 이후 작가가 쓴 작품으로는 처음으로 이 소설을 읽게 되었습니다. 이전에는 그녀의 작품이 무겁고 어두울 거라는 일종의 선입견이 있어서 읽지 않았습니다. 문학은 다른 분야보다 훨씬 강하게 작가에 대한 선입견이 생기는 장르인 것 같습니다. 읽은 적도 없는데 한 작가에 대한 고정된 편견을 가지게 되면 계속 작품을 피하기도 합니다.

맨부커상을 받았다는 발표를 들은 다음 주에 책을 교환하는 모임이 있었습니다. 마침 이 책을 가져오신 분이 있으셨고 저는 어떤 작품이기에 상을 받게 된 걸까 궁금한 마음에 고른 후 집에 도착하자마자 읽기 시작했습니다. 예상과 달리 작품은 몰입감이 상당했고 가독성이 좋아 단숨에 끝까지 읽을 수 있었습니다. 아직도 책을 읽으며 가슴이 뛰었던 느낌이 기억 날 정도입니다. 그날 밤 먼저 책을 읽었던 분들과 감상을 나누었고, 그 후로도 이 책으로 여러 차례의 독서 모임을 가졌습니다. 그 후 작가의 다른 소설을 찾아 읽어보고 싶어서 시간을 거슬러 올라가며 몇 권의 책을 더 읽었고 어느새 발표한 작품들을 모두 읽어보게 되었습니다.

두 번째로 읽은 소설은 『소년이 온다』였고, 그다음으로 두 번째 작품집인 『내 여자의 열매』를 읽었습니다. 이 소설집의 표제작인 「내 여자의 열매」가 「채식주의자」의 모티프와 연결이 된다는 사실을 알게 되자 더 흥미로웠습니다. 한 작가의 작품을 이어서 읽으면 이런 발견의 즐거움을 누릴 수 있기에 더욱 좋습니다. 작가마다 다르겠지만 작품 간에 연결 고리를 남겨두는 경우도 꽤 있습니다. 단편이 다음에 장편으로 확장되는 경우도 있습니다. 예를 들어 조해진 작가의 『빛의 호위』에 실려있는 「문주」라는 작품은 이후 장편 『단순한 진심』으로 이야기가 확장되어 이어집니다. 전작에 나왔던 비중이 크지 않던 인물이 그다음 작품에서 주인공으로 등장하는 경우도 있지요. 「내 여자의 열매」와 「채식주의자」에서 가장 비슷한 모티프는 '식물로 변하는 아내'

라는 여성 주인공입니다. 그녀는 왜 식물로 변해야만 했을
까요?

아내는 자유를 꿈꾸며 돈을 모아왔는데 전세자금이 필
요한 상황이 닥치자 그 돈을 쓰게 되고 점점 말수를 잃어갑
니다. 살갗 전체에는 푸른 피멍이 번집니다. 어느 날 남편
이 출장에서 돌아오자 아내는 식물로 변해 있습니다. 그런
데 식물로 변한 아내는 오히려 이전보다 더 생생해지고 강
인한 활력이 넘쳐흐릅니다. 남편은 싱크대로 달려가서 플
라스틱 대야에 넘치도록 물을 받습니다. 흔들리는 물을 '왈
칵왈칵 거실 바닥에 쏟아가면서' 베란다로 가서 아내의 가
슴에 끼얹었습니다. 그러자 그녀의 몸은 거대한 식물의 잎사
귀처럼 파들거리며 살아납니다. 남편은 다시 한 번 물을 받
아와 아내의 머리에 끼얹었습니다. 춤추듯이 아내의 머리카
락이 솟구쳐 올라오고 아내의 초록빛 몸은 물세례 속에서
청신하게 피어납니다. 이 소설의 아내는 「채식주의자」의
영혜의 모티프가 되는 인물이면서 더 생동감 있는 느낌을
주어 「채식주의자」와는 분위기가 또 다릅니다. 동일한 모
티프를 비교해가면서 읽을 수 있어 흥미로웠습니다.

한강 작가의 작품으로 모임을 하다보면 책을 읽어내는 데 너무 힘이 든다는 분들도 계셨습니다. 저는 작가가 마치 인물이 느끼는 상처와 고통을 온몸에 촉수가 있는 사람처럼 느끼고 아파하며 글을 쓴다는 느낌을 받았습니다. 소설가는 자신의 이야기도 쓰지만 타인과 세상에 대해서 쓰는 사람들입니다. 그러니 보통사람들보다 감수성과 예민함을 가지고 있을 것입니다. 저는 작가가 타인이나 세상의 아픔을 내면화하여 같이 아파하며 글을 쓰는 거라는 생각이 듭니다. 특히 첫 소설집 『여수의 사랑』에 등장하는 주인공들은 결손 가정이나 비참한 죽음을 과거사로 안고 있거나 정처 없이 떠도는 인생으로 살아가고 있습니다. 고독하고 고립된 등장인물들이 방황하고 추락하는 내용을 읽으면 그 늘진 삶에 시선이 갑니다. 이 작품을 읽으면서 저는 작가가 붙잡고 표현하고 싶은 것이 무엇인지 좀 더 깊게 이해할 수 있었습니다. 이처럼 한 작가의 작품을 이어서 읽으면 작품에 대한 이해의 폭을 넓힐 수 있는 계기가 되기 때문에 이 방법도 추천합니다.

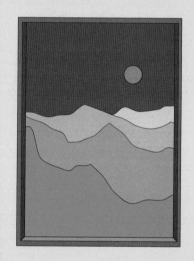

5
장

국외 문학상
수상작을
읽는 시간

주요 문학상 알아보기

세계 주요 문학상은 모두 유럽에서 제정된 문학상입니다. 스웨덴의 노벨문학상, 영국의 부커상, 프랑스의 공쿠르상을 흔히 세계 3대 문학상이라고 부릅니다. 유럽 중심의 문학상인 관계로 대부분 유럽 언어권 작품들에 수상이 이루어져왔습니다.

노벨문학상의 역대 수상자를 보면 스웨덴 작가 8명, 미국 작가 11명, 영국 작가 9명, 프랑스 작가 15명 등 주로 미국과 유럽 문화권에 수상이 집중되었음을 알 수 있습니다.

노벨문학상

노벨문학상은 작품이 아닌 작가에게 주는 상이라는 게 특징입니다. 그해 문학 분야에서 가장 눈에 띄는 기여를 한 작가에게 수여하는 상으로 1901년부터 해마다 전 세계의 작가 중 한 사람에게 수여하고 있습니다. 노벨문학상은 어떤 해에는 예측 가능한 인물이 받을 때도 있지만 때로는 전혀 예측하지 못한 작가가 받기도 합니다. 정치적 상황이 고려되어 주는 경우도 있었고, 작품성만으로 인정받는 작가에게 주는 경우도 있었습니다. 문학의 경계를 넘어서는 경우도 있어왔습니다. 역사가나 철학자에게 수여한 경우도 있는데 'Literature'라는 단어가 문학만을 뜻하는 게 아니라 '쓰는 행위' 전체로 확대될 수 있기 때문입니다. 영국의 윈스턴 처칠은 『제2차 세계대전』이라는 6권의 회고록을 써서 노벨문학상을 받았습니다. 베르그송과 몸젠 같은 철학자나 역사가도 노벨문학상을 받은 적이 있습니다.

노벨문학상을 받는 작가는 개인의 이야기를 다양하게 변주해내기보다는 인간의 본질적이고 보편적인 문제를 풀어내 인류에 공헌하는 경우가 많습니다. 그 나라만의 고유한 정서를 기반으로 세계에 통용될 수 있는 모국의 슬픔과 현실적 부조리를 다루고 있으며, 주제적 메시지와 예술성을 겸비한 작품이 훌륭하다고 평가받기도 합니다. 그리고 작가에게 수상하기 때문에 오랜 기간 동안 지속적인 작품 활동을 해온 관록 있는 작가가 상을 받는다는 특징이 있습니다.

부커상

1969년 제정된 부커상은 영국에서 출판된 영어 소설을 대상으로 그해 최고의 소설을 가려내는 영국의 문학상입니다. 초기에는 영연방 국가 출신 작가의 영어 소설로 후보 대상을 한정했지만 2013년부터는 작가의 국적과 상관없이 영국에서 출간된 모든 영어 소설로 대상을 확대했습니다. 2005년에는 맨부커 인터내셔널상이 추가로 만들어졌는데, 2016년 작가 한강이 『채식주의자』로 맨부커 인터내셔널상을 수상하면서 맨부커상에 대한 국내의 관심이 증

가하기도 했습니다. 영국의 식품 도매업체인 부커 그룹이 주최해서 상의 이름이 '부커상'인데 2002년부터 맨 그룹이 후원하면서 상의 이름이 '맨부커상'으로 바뀌었다가 2019년 5월 후원을 중단하면서 다시 원래 이름인 '부커상'으로 돌아갔습니다. 부커상은 순문학이라는 틀에 얽매이지 않고 대중적인 작품도 선정이 됩니다. 여러 분야의 사람들이 매년 선정위원으로 지정되기 때문에 수상작도 이를 반영해 다양한 작품들이 선정됩니다. 재미있고 흥미로운 선정작들이 많은지라 그래서 부커상은 받았지만 노벨상을 받기에는 상대적으로 불리한 작가들도 있습니다.

공쿠르상

공쿠르상은 프랑스 작가 에드몽 공쿠르의 유언에 따라 1903년 제정된 문학상입니다. 역사가 오래된 만큼 프랑스 최고 권위의 문학상이기도 합니다. 프랑스의 아카데미 공쿠르가 매년 12월 첫 주에 신인작가의 작품 중 가장 우수한 소설 작품을 뽑아 수여하고 있습니다. 프루스트의 『꽃 파는 아가씨들의 그늘 아래』, 생텍쥐페리의 『야간 비행』, 앙드레 말로의 『인간의 조건』 등이 대표적인 수상작입니다.

노벨문학상이나 맨부커상의 높은 상금과는 다르게, 공쿠르상의 상금은 '10유로(한화 1만 6천원)'밖에 되지 않습니다. 그 이유는 20세기 초반에 수여되던 상금을 그대로 유지하고 있기 때문입니다. 상징적인 의미가 크기 때문에 이를 계속 유지하고 있는데, 그래서 공쿠르상을 받은 작가들은 상금을 많이 기부한다고 합니다. 대신 공쿠르상을 받게 되면 작품성을 인정받으면서 판매부수가 늘어나고 베스트셀러가 되어 대중들에게도 큰 인기를 얻게 됩니다.

공쿠르상은 한 작가에게 두 번은 주지 않는다는 원칙이 있는데 유일하게 두 번 상을 받은 작가가 있습니다. 로맹 가리는 『하늘의 뿌리』로 공쿠르상을 받았는데, 이후에 자신의 이름을 숨기며 다양한 가명으로 글을 씁니다. 그의 두 번째 공쿠르상 수상에 얽힌 일화는 굉장히 유명합니다. 로맹 가리는 『하늘의 뿌리』 이후 발표된 자신의 소설에 비평가들이 혹평을 하자 에밀 아자르라는 이름으로 『자기 앞의 생』을 발표합니다. 1975년 공쿠르상 수상자가 '에밀 아자르'라고 발표되자, 로맹 가리는 수상 거절 의사를 밝힙니다. 그러자 공쿠르 아카데미 의장은 "아카데미는 한 후보가 아닌 한 권의 책에 투표한 것이다. 탄생과 죽음처럼 공쿠르상은 수락할 수도, 거절할 수도 없는 것이다."라는 유명한 말을 합니다. 이에 따라 로맹 가리는 '에밀 아자르'라는 이름으로 발표한 『자기 앞의 생』으로 다시 한 번 공쿠르상을 받게 되고 '유일하게 공쿠르상을 두 번 받은 작가'라는 수식어를 가진 작가가 되었습니다.

카프카 문학상

카프카 문학상은 프란츠 카프카의 업적을 기념하기 위해 2001년 제정된 국제 문학상입니다. '휴머니즘과 문화, 민족, 언어, 종교적 관용에 대한 기여, 실존성과 시대불변성, 인간의 타당성과 우리 시대를 증언하는 능력'을 갖춘 작가에게 수여한다는 수상 조건을 밝히고 있습니다. 카프카상을 받은 작가 중 엘프리데 옐리네크, 해롤드 핀터 등이 이후에 노벨문학상을 타서 화제가 되기도 했습니다. 아시아 권에서는 일본의 무라카미 하루키가 2006년에, 중국의 옌 렌커가 2014년에 수상한 바 있습니다.

예루살렘 문학상

예루살렘 문학상은 1963년 제정된 후 2년에 한 번씩 예루 살렘 국제 책 박람회의 일환으로 시행되고 있습니다. 인간 의 자유, 사회, 정치, 정부라는 주제를 다룬 작품을 쓴 작가 에게 주어집니다. 버트란트 러셀, 마리오 바르가스 요사, 존 쿳시 등 예루살렘 문학상을 수상한 작가 중 나중에 노벨 문학상을 수상한 작가도 있습니다.

휴고상

휴고상은 우수한 과학 소설과 환상문학 작품에 수여하는 상입니다. 어메이징 스토리Amazing Stories의 설립자인 휴고 건즈백을 기념하여 1955년에 만들어졌는데 SF문학상 중 네뷸러상과 함께 가장 유명한 상이기도 합니다. 어슐러 르 귄, 필립 K. 딕, 아서 C. 클라크, 아이작 아시모프, J. K. 롤링 등 이름난 작가들이 이 상을 수상했습니다. 2015년에 는 아시아계 작가로는 최초로 류츠신 작가가 『삼체』로 수 상을 했습니다. 트로피 외에 별도의 상금은 없다는 것도 다 른 상과 비교되는 점입니다.

네뷸러상

네뷸러상Nebula Award은 미국 SF 판타지 작가 협회가 지난 2년 동안 미국 내에서 출판 및 발표된 SF 작품을 대상으로 매년 수여하는 문학상입니다. 휴고상이 팬들의 투표에 의 해서 결정되는 반면 네뷸러상은 미국 SF 판타지 작가 협회 소속의 작가, 편집자, 비평가 등 SF 전문가들이 뽑는 상입 니다. 동일한 작품이 한 해에 네뷸러상과 휴고상을 동시에 수상하는 일도 있습니다. 지금까지 네뷸러상을 받은 대표 수상작들은 어슐러 르 귄의 『어둠의 왼손』, 『빼앗긴 자들』,

닐 게이먼의 『신들의 전쟁』, 아이작 아시모프의 『파운데이션의 끝』 등이 있습니다.

인류에 공헌한 작품에 수상, 노벨문학상

노벨문학상은 1901년 제정된 이후 2019년까지 총 116명의 수상자를 배출한, 역사가 오랜 문학상입니다. 매년 10월 초가 되면 노벨상 발표 시즌이 돌아오는데 선정 과정이 공개되지 않기 때문에 항상 궁금증을 불러일으키곤 합니다. 수차례 후보에 올랐지만 노벨문학상을 받지 못한 작가들 중에는 일본의 소설가 무라카미 하루키도 있습니다. 카프카상과 예루살렘상을 받은 작가들이 노벨문학상을 받는 경우가 있었기 때문에 두 상을 모두 받은 하루키 역시 노벨문학상을 받을 것인가에 언제나 사람들의 관심이 쏠립니다. 하루키의 최근 작품에서 보이는 진보적인 역사의식과 문학적 신념 때문에 2017년도에도 하루키는 유력 후보에 올랐지만, 상은 일본계 영국 작가인 이시구로 가즈오에게 돌아갔습니다.

하루키의 에세이를 읽어보면 가즈오 이시구로의 신작이 나오면 책을 사서 모든 것을 멈추고 끝까지 읽을 때까지 다른 일은 하지 않는다고 합니다. 하루키는 "이시구로의 작품은 모두 다른 세계를 지향하고 있지만, 자세히 살펴보면 이시구로 세계관의 소우주를 이루고 있다"고 말하면서 이런 작가와 동시대에 산다는 것이 작가로서 엄청난 행운과 영광이라고 고백합니다. 하루키가 동시대 작가인 가즈오 이시구로에게 이렇게까지 찬사를 보내는 것도 대단하고, 그가 말하는 작가의 세계관이란 과연 무엇일까도 궁금합니다. 노벨문학상을 수상하는 기준 중 하나는 소설 창작의 구심점이 어디에 놓여 있는가의 문제와도 연결됩니다. 가즈오 이시구로의 대표작『남아 있는 나날』과『나를 보내지 마』를 보면 이야기의 방향이 인간의 보편적 성찰에 맞닿아 있음을 알 수 있습니다. 소재로 등장하는 사건이 한 시기,

한 국가의 문제로 국한되기보다는 인류 공통의 질문으로 확장되어 나타납니다.

스페인의 문학 기자 사비 아옌은 10여 년 동안 노벨문학상 작가 23인을 만나 인터뷰를 한 후 이 내용을 묶어 『노벨문학상 작가와의 대화』라는 책으로 엮었습니다. 수상 작가들의 삶의 궤적과 문학에 대한 소신을 엿보게 하는 이 책을 읽어보면 이들이 작가가 된 이유는 각자 다릅니다. 견디기 힘든 개인적 고통을 경험하고 이를 문학으로 풀어쓴 경우도 있으며 다른 사람들이 받고 있는 고통을 외면하지 않고 세상에 알리기 위해 글로 써내려간 작가도 있습니다. 일찍 소설가로 데뷔해서 지속적으로 작품 활동을 한 경우도 있지만 50세가 넘어서야 본격적으로 소설을 쓴 작가도 있습니다. 작가가 된 계기와 시기는 달랐지만 이들에게는 공통점이 있습니다. "노벨문학상 수상 작가 대부분이 문학이 아닌 다른 이유로 사회에 참여하고 있고, 그들은 문화 너머의 일과 담을 쌓는 작가의 역할에 머물지 않는다"는 사실입니다. 이들은 "여러 측면에서 사회에서 소외된 것들과 뜻을 함께했으며 권력의 저변을 이루는 근본적인 속성에 맞서거나 우리가 미처 깨닫지 못한 많은 이데아를 품고" 있습니다. 한마디로, 노벨문학상을 받은 작가들은 인류에 공헌할 수 있는 작품을 써왔다는 것이 특징입니다.

재미있게 읽을 수 있는 노벨문학상 작품들

노벨문학상은 작품이 아닌 작가에게 주는 상이므로, 작가의 대표작 중 재미있게 읽을 수 있는 작품 몇 권을 추천해봅니다. 먼저 소개할 작가는 1998년 수상자인 포르투갈의 작가 주제 사라마구입니다. 특이하게도 어릴 적 그의 집에는 책이 한 권도 없었다고 합니다. 어머니는 교육받지 못한 분이셨고 그는 독학으로 공부를 했습니다. 25세에 첫 소설을 발표했지만 기자 생활을 계속하며 생계를 이어나가야 해서 쉰이 넘어서야 본격적으로 소설을 쓰기 시작합니다.

그의 작품 중 『눈먼 자들의 도시』를 추천합니다. 한국어판은 1997년에 출간된 영어판을 기준으로 번역되었습니다. 이 소설은 어느 날 갑자기 도시에 퍼진 실명에 대한 이야기를 흥미롭게 다루고 있습니다. 주제가 묵직하면서도 가독성이 높고 아주 재미있는 소설입니다. 소설은 자동차 운전석에 앉아 신호가 바뀌기를 기다리던 남자가 갑자기 눈이 멀게 되면서 시작합니다. 시작부터 몰입감이 느껴지지요? 이후 도시에 원인불명의 백색 실명이 전염병처럼 퍼집니다. 이 남자를 치료하던 안과 의사도 눈이 멀게 되는데, 의사의 아내는 남편 곁에 있기 위해 실명을 가장하고 함께 정신병동에 격리됩니다.

도시의 모든 사람이 눈이 멀게 된다는 것은 인간다운 가치를 상실하는 상황을 뜻합니다. 세계는 무질서와 혼란에 빠져버리고 인간의 도덕성은 밑바닥으로 추락하면서 사람들은 인간으로서 지닌 모든 것들을 잃게 됩니다. 눈이 먼 사람들이 격리병동에 수용되면서 벌어지는 일들은 끔찍합니다. 배설물이 복도와 병동 안에 넘쳐나고, 식량 다툼은 끊이지 않습니다. 수용소를 지키는 군인은 대열을 이탈한 무고한 사람들을 쏘아죽이고, 3병동을 장악한 깡패는 권총을 무기로 폭력과 강간을 행하는 등 아비규환의 상황이 계속 이어집니다.

그런데 안과 의사의 아내는 등장인물 중 유일하게 눈이 멀지 않는 인물입니다. 왜 그녀만이 눈이 멀지 않는지는 알 수 없습니다. 그녀는 병동 안에서 눈이 보인다는 사실을 드러내지 않으면서 사람들을 돕습니다. 작가는 그녀를 통해 인간성을 잃어버리지 않기 위해서는 어떻게 해야 하는지를 보여줍니다. 그녀와 함께 탈출한 사람들은 점차 연대의식을 가지게 됩니다.

다음으로는 2007년 노벨문학상 작가 도리스 레싱의 소설을 이야기해볼까 합니다. 도리스 레싱은 현대의 제도와 관습 속에 담긴 편견과 위선을 파헤쳐 문명의 부조리를 규명했다는 평가를 받고 있습니다. 수차례 노벨문학상 후보에 오르다가 2007년에 드디어 노벨문학상을 수상합니다. 『다섯째 아이』는 도리스 레싱의 대표작으로, 짧지만 다양한 생각할 거리를 던지는 소설입니다. 한 편의 소설 안에 자녀 양육 문제, 여성 문제, 사회 문제, 소수자 문제, 장애 문제 등 여러 가지를 담고 있어 어디에 초점을 맞추어 읽어도 의미가 있습니다. 원하는 모습과 너무 거리가 먼 아이를 낳게 된다는 설정은 야만과 문명의 대립의 상징으로 제시

되지만 꼭 이런 해석이 아니더라도 내가 원하는 성향과 전혀 다른 아이를 낳았을 경우 어떻게 해야 할까의 고민으로 생각해봐도 좋습니다.

소설은 1960년대 영국을 시대적 배경으로 하고 있습니다. 해리엇과 데이비드는 결혼을 하고 많은 아이를 낳기로 서로 동의하고 네 명의 아이를 낳은 후 다섯 번째로 임신을 하게 됩니다. 그런데 다섯째 아이 벤은 태어나면서부터 모두를 공포에 떨게 만듭니다. 이때부터 해리엇과 데이비드는 자신들이 계획했던 인생의 행로에서 크게 벗어나게 됩니다. 태아 때부터 심상치 않았던 벤은 야만성을 지닌 아이였고, 통제할 수 없는 아이였습니다. 무엇 때문에 벤 같은 아이가 태어났을까 고민하던 해리엇은 행복하게 살려는 자신들에 대한 신의 형벌이거나 태고로 거슬러 올라가는 우주적 진화의 소산이 아닐까 생각합니다. 상당히 무거운 주제임에도 불구하고 흥미를 불러일으키는 소설입니다. 특히 해리엇이 요양원으로 벤을 데리러 가는 중간부터는 긴장감과 몰입감이 상당합니다. 도리스 레싱은 이후 이 소설에 대한 속편을 썼는데 우리나라에는 번역되지 않았습니다. 세계로 나간 벤의 모험담의 내용을 담고 있습니다.

　다음으로는 2006년 수상자인 터키 소설가 오르한 파묵의 『내 이름은 빨강』을 추천합니다. 오르한 파묵은 터키인으로는 최초로 노벨문학상을 수상한 작가입니다. 오르한 파묵은 터키에서 일어난 아르메니아인과 쿠르드족에 대한 살상을 폭로한 이후 터키의 정체성을 모욕한 죄로 기소당했고 죽음의 위협을 겪기도 합니다. 터키 형법은 터키 정체성에 대한 모욕죄를 적용시키고 있기 때문입니다. 이 소설은 터키 이스탄불을 배경으로 오스만 제국에서 펼쳐지는 사랑과 음모 이야기입니다. 일단 사랑 이야기가 절반은 차지하고 있어서 흥미롭습니다. 주인공인 세큐레와 카라의 사랑 이야기가 한 축을 이루고 있고, 술탄의 초상화를 그리는 세밀화가들의 갈등이 또 하나의 이야기 축을 형성하고 있습니다. 두 가지 이야기가 물감을 섞듯이 혼합된 이 작품은 수수께끼를 풀어나가는 방식으로 이야기가 전개되는데, 살인자를 추리해나가는 역사 추리소설로서의 매력도 가지고 있으면서 카라, 세큐레, 하산의 삼각관계가 펼쳐지는 연애 소설로서의 재미도 탁월합니다. 주제적으로는 전통화풍을 고수하고자 하는 세밀화가들과 새 화풍을 받아들이려고 하는 이들 간의 갈등이 예술이란 과연 무엇인가를 생각해보게 합니다.

카라는 12년 만에 이스탄불로 돌아옵니다. 그에게는 일생을 세밀화에 바친 어느 금박 세공사의 비참한 죽음의 진상을 밝히고, 이슬람 세밀화의 위대한 전통을 이어갈 밀서 제작을 완성해야 하는 임무가 주어집니다. 살인사건이 일어난 이유는 전통적인 이슬람 화풍을 고수하는 이들과 베네치아의 서양 화풍을 받아들이는 사람들과의 갈등 때문입니다. 이곳에서 기존의 화풍을 따르지 않고 이교도의 화풍을 받아들이는 일은 신성모독이라고 여겨집니다. 이 소설의 흥미를 배가시키는 요인 중 하나는 화자가 챕터 별로 번갈아가면서 이야기를 전개하는 점입니다. 물론 화자가 계속 바뀌어나가는 소설은 드물지 않지만 이 소설은 사람뿐 아니라 죽음, 은화, 개, 나무까지도 화자가 되어서 이야기가 진행된다는 특징이 있습니다. 그렇다고 해서 혼란스럽지는 않고 제목에 주인공을 명시해주기 때문에 오히려 친절한 작가의 태도를 느낄 수 있습니다. 그림이라는 소재를 통해서 터키의 정체성과 예술가가 갖춰야 할 태도를 생각하게 만드는 의미 있는 소설입니다.

형식의 독특함이라는 측면에 초점을 맞춘다면 2015년 노벨문학상을 받은 스베틀라나 알렉시예비치의 작품을 소개하고 싶습니다. '목소리 소설'이라는 새로운 분야의 글을 개척한 작가입니다. '목소리 소설'이란 수백 명의 사람을 인터뷰해서 그 내용을 소설로 엮는 방식을 의미합니다. 1948년 우크라이나에서 태어난 알렉시예비치는 언론인 출신 작가로, 기자로 재직할 당시 제2차 세계대전, 소련-아프간 전쟁, 소련 붕괴, 체르노빌 사고 등 굵직한 사건의 목격자들과 인터뷰하고 이를 글로 풀어냅니다. 첫 책인 『전쟁은 여자의 얼굴을 하지 않았다』는 제2차 세계대전에 참전했던 소련 여성의 고통과 슬픔을 담은 작품으로 1985년 출간되었고, 10년 넘게 체르노빌 사고를 취재해 쓴 『체르노빌의 목소리』는 1997년 출간된 후 2006년 미국 비평가 협회상을 수상하기도 하였습니다. 노벨문학상 수상자 발표 당시 스웨덴 한림원은 "그녀의 다성 음악과 같은 글은 우리 시대의 고통과 용기에 대한 기념비이다"라고 수상 이유를 밝혔습니다.

스베틀라나 알렉시예비치는 자신의 작품 주제에 대해 "누구라도 무기를 손에 쥐면 착한 사람이 될 수 없음"을 이 야기하는 글이라고 말합니다. 그녀는 자신의 글에 허구적 인 이야기는 단 한 줄도 쓰지 않았다고 말하는데, 『체르노 빌의 목소리』는 그런 점에서 르포에 가깝다고 할 수 있습 니다. 체르노빌 원전사고 피해자, 전쟁에서 싸운 여성들, 소련을 믿었기 때문에 폭력을 참아냈던 사람들 등이 등장 합니다. 여러 인물의 목소리가 짧게 등장하기 때문에 처음 부터 끝까지 주도하는 목소리는 없습니다.

흥미진진하거나 읽기가 쉬운 책은 아니지만 체르노빌 사건에 대해 잘 알지 못한다면 읽어보시기를 추천합니다. 저는 여러 목소리 중 아이에 대한 이야기들이 특히 안타까 웠습니다. 그중 「오래된 예언」에 나오는 딸 이야기는, 4년 만에 딸이 앓는 병이 저전리방사선, 저준위 방사선과 관련 이 있다는 진단서를 받아냈지만 20~30년을 기다려야 연관 성을 밝힐 수 있다고 해서 보상을 받지 못했다는 내용입니다. 사고 후 며칠 사이 방사능, 히로시마와 나가사키, 게다가 뢴트겐에 대한 책까지 도서관에서 사라졌는데 이는 불안감 조성을 막기 위한 정부의 조치였다는 내용도 충격적이었습니다.

운전원들의 실수로 원자로 폭발사고가 일어났다고 알려져 있지만, 실제로는 이날 핵실험을 하려고 했다는 내용이 책에 나옵니다. 이 사고로 5년 동안 암과 방사능 관련 질병으로 7천여 명이 사망하고 70만여 명이 치료를 받았다고 합니다. 피해자들의 상처는 정부가 사건을 은폐하고 정확한 내용을 알려주지 않아서 더 커졌는데, 자신들이 피해자이고 아무 잘못도 없는 사람임에도 불구하고 이들의 고통과 기본권이 철저하게 무시당했다는 점 또한 안타까웠습니다.

최근 수상자와 수상작

최근의 노벨문학상 수상자와 수상작도 간략하게 소개해

드립니다. 2012년 수상자는 중국의 모옌으로 우리나라에는 『붉은 수수밭』으로도 잘 알려진 작가입니다. 그의 소설 『개구리』는 중국의 계획생육 정책의 폐해와 비극을 다루고 있습니다. '계획생육'이란 중국이 인구 억제를 위해 실시했던 '한 가정 한 자녀' 정책으로, 본격적으로 실행된 1971년부터 지금까지도 많은 중국인들에게 상처를 안겨준 정책입니다. 1969년 인구가 8억을 넘어서자 중국 정부는 지방 관리들에게 무조건 '생육지표'를 끌어내리라고 몰아붙였고, 그에 따른 강제집행의 부작용이 속출하게 됩니다. 어떤 대가를 치르더라도 생육지표를 끌어내려야 한다는 정책 때문에 야만적이고 비인도적인 낙태와 산모 사망이 빈번하게 일어났기 때문입니다.

이 소설은 계획생육의 역사 한가운데 존재했던 화자의 고모를 중심으로 이야기를 풀어냅니다. 고모는 가오미 둥베이 향에서 50년 넘게 산부인과 의사로 활동하면서 계획생육 정책에 따라 수많은 임신중절수술을 한 사람입니다. 고모는 낙태 수술한 아이들, 수술 도중 사망한 여인들에 대한 죄책감에 시달립니다. 고모라는 특정한 한 개인만이 가해자라고 말할 수는 없으며 등장인물들 모두가 이 정책이 실행되었던 당시 시대의 피해자라고 할 수 있습니다. 이 소설이 의미 있게 다가오는 것은 개인에게 발생한 비극과 불행이 국가와 사회의 폭력적인 압박의 결과임을 보여주기 때문입니다.

2019년은 2018년도에 연기되었던 수상자와 2019년도의 수상자가 동시에 발표되는 이례적인 해였습니다. 2018년도 수상자는 폴란드의 소설가 올가 토카르추크였으며, 2019년도 수상자는 오스트리아의 소설가 페터 한트케가 선정되었습니다. 올가 토카르추크의 소설 『태고의 시간들』은 폴란드의 한 신화적인 마을 '태고' 라는 공간에서 일어나는 이야기입니다. '태고'는 가상의 마을로 아주 오래된, 원시의 시간을 뜻합니다. 태고는 어디에나 있음직한 평범한 시골 마을이라는 점에서 '시공을 초월한 공간'이기도 합니다. 이 소설은 크워스카와 게노베파, 미시아 등 여성 인물의 삶을 다루고 있습니다. 탄생부터 성장, 결혼, 출산, 노화, 죽음에 이르는 과정을 통해 1, 2차 세계대전, 유대인 학살, 전후 폴란드에서 일어난 역사적 비극을 보여줍니다.

페터 한트케의 소설 『소망 없는 불행』은 수면제를 복용하고 자살한 어머니의 죽음 이후 그녀의 삶을 다시 회상하며 쓴 소설입니다. 무기력한 삶을 견디지 못한 어머니를 내내 지켜보았을 작가의 상처가 느껴집니다. 그러면서도 최대한 어머니의 삶에 대해 객관적 거리를 유지하며 담담하게 풀어냅니다. 어머니의 삶은 평탄했다고 보기는 어렵습니다. 아내가 있는 남자와의 사이에서 아이를 낳았고, 다시 다른 남자와 결혼해 여러 차례의 유산을 하기도 했습니다. 점점 그녀는 성이 없는 존재가 되어갑니다. 자신의 내면을 나눌 사람은 없었고 육체적 고통은 그녀를 더욱 고립시킵니다. 개인으로서 어머니의 불행했던 삶을 기억하는 것과 이를 작품으로 표현하는 작가라는 위치 사이에서 최대한 감정을 절제하고 삶을 기록하며 어머니의 죽음을 애도한 게 아닐까 싶습니다.

THE
NOBEL
PRIZE

노벨문학상 수상자와 대표작

(1982년 이후부터 2019년까지의 수상자이며, 대표작은 국내 출간된 단행본을 기준으로 선정하였습니다)

1982년   가브리엘 가르시아 마르케스(콜롬비아·소설가) 『백년 동안의 고독』

1983년   윌리엄 골딩(영국·소설가) 『파리 대왕』

1984년   야로슬라프 세이페르트(체코슬로바키아·시인)

1985년   클로드 시몽(프랑스·소설가)

1986년   월레 소잉카(나이지리아·극작가) 『제로 형제의 시련』

1987년   요세프 브로드스키(미국·시인)

1988년   나기브 마푸즈(이집트·소설가) 『미라마르』

1989년   카밀로 호세 셀라(스페인·소설가) 『파스쿠알 두아르테 가족』

1990년   옥타비오 파스(멕시코·시인) 『활과 리라』

1991년   나딘 고디머(남아공·소설가) 『보호주의자』

1992년   데릭 월콧(세인트루시아·시인) 『데릭 월콧 시선집』

1993년   토니 모리슨(미국·소설가) 『빌러비드』

1994년   오에 겐자부로(일본·소설가) 『만엔 원년의 풋볼』

1995년   셰이머스 히니(아일랜드·시인) 『어느 자연주의자의 죽음』

1996년   비슬라바 쉼보르스카(폴란드·시인) 『끝과 시작』

1997년   다리오 포(이탈리아·극작가) 『돼지 등 타기』

1998년   주제 사라마구(포르투갈·소설가) 『눈먼 자들의 도시』

1999년   귄터 그라스(독일·소설가) 『양철북』

2000년   가오싱젠(중국·극작가) 『버스 정류장』

2001년   비디아다르 네이폴(영국·소설가) 『미겔 스트리트』

대중성과 문학성의 만남, 부커상

부커상은 1969년부터 매년 그해 출간된 최고의 소설을 가려내는 영국의 문학상입니다. 영국 최고의 권위를 자랑하는 문학상이며 2005년에는 맨부커 인터내셔널상이 추가로 만들어졌습니다. 2016년 우리나라의 한강 작가가 『채식주의자』로 맨부커 인터내셔널상을 수상하기도 했지요.

수상자는 영어권 작품이면 국적에 상관없기 때문에 아일랜드, 인도, 캐나다, 호주, 뉴질랜드 등 여러 국가의 작가들이 포함되어 있습니다. 다른 상과 달리 한 작가가 여러 번 수상할 수 있다는 점도 차별점입니다. 그래서인지 한 작품이 부커상을 세 번 받은 경우도 있습니다. 부커상 수상위원회는 25주년에는 '부커 오브 부커', 40주년에는 '베스트 오브 더 부커' 수상작을 선정하였는데 살만 루시디의 『한밤의 아이들』은 1981년 부커상을 받은 후 1993년에 '부커 오브 부커스'에 선정되었고, 2008년 부커상 40주년을 기념해서는 일반 독자들이 뽑은 가장 사랑하는 부커 수상작에도 선정되어 '베스트 오브 더 부커'의 영예를 안았습니다.

수상작의 대상은 그해에 나온 영어권 문학 작품입니다. 부커상은 소설적 깊이가 있으면서도 대중적인 취향을 반영하는 작품을 선정하는 경우가 많은데 그 이유는 문학 관련 직업과 상관없는 다양한 선정위원들도 참여하여 추천작을 모두 읽고 투표하기 때문입니다. 선정위원들은 고정되어 있지 않고 매년 바뀐다는 점도 주목할 만합니다. 대중성과 문학성을 갖추고 있으면 신인이나 중견작가를 가리지 않고 장르 불문 모든 장르의 문학 작품에 수상 기회가 열려 있습니다. 노벨문학상과 달리 어떤 작품을 골라 읽어도 재미있게 읽을 수 있는 편입니다.

부커상 추천 작품들

이러한 특징 때문에 부커상을 받은 작품들은 문학성과 예술성을 갖춘 작품들이 널리 포진되어 있는데요. 그중에서 흥미롭게 읽을 수 있는 몇 편의 작품을 소개하도록 하겠습니다. 먼저 2011년도 부커상을 받은 줄리언 반스의 『예감은 틀리지 않는다』로 시작해보겠습니다. 이 책을 추천하는 이유 중 하나는 얇기 때문이기도 한데 2012년 우리나라에 번역 출간된 판본 기준으로 보아도 268페이지에 불과합니다. 정말 얇지요? 영문판으로는 160페이지밖에 되지 않습니다. 이 책은 얇다는 이유로 부커상을 주어도 될지 고민을 한 작품이었다고 합니다. 그러나 심사위원들은 이 소설을 한 번 읽고 나면 다시 맨 처음으로 돌아와 읽어야 하기 때문에 짧지만 긴 소설이라는 평을 남겼습니다. 책을 읽어보면 이 말이 무슨 의미인지 이해할 수 있습니다.

이 소설은 줄리언 반스의 다른 소설에 비해 진입장벽이 낮아 대중적이라는 평을 듣지만 그렇다고 해서 결코 주제가 가볍지는 않습니다. 인간의 기억과 죽음에 대해 이만한 통찰을 가진 소설도 드문데요. 가독성도 좋아서 쉽게 읽을 수 있습니다. 1960년대 영국을 배경으로 하는 이 소설에서 주인공 토니 웹스터는 대학에 진학하고 베로니카라는 여자 친구와 사귀게 됩니다. 하지만 성적 불만과 계급적 콤플렉스를 극복하지 못하고 헤어집니다. 철학적이며 재능 있는 친구 에이드리언은 토니에게 베로니카와 자신이 사귀어도 되는지 편지를 보내오고 토니는 답장을 합니다. 이후 토니는 에이드리언의 자살 소식을 듣게 됩니다. 이후 40년의 세월이 흐르고 육십대 중반의 토니는 현재 이혼을 한 상태이고, 자신의 딸에게서 자주 전화를 받지 못해 쓸쓸해하고 있습니다. 어느 날 베로니카의 어머니 포드 여사의 사망 소식과 함께 자신에게 그녀의 유산의 일부가 상속된다는 연락을 받게 됩니다. 그 유산 중에서 토니가 받지 못한 에이드리언의 노트가 있다는 사실을 알게 되고 토니는 지난 과거의 기억을 하나씩 찾아나갑니다. 결국 자신이 에이드리언에게 보낸, 이제는 기억하지도 못하는 한 통의 편지가 엄청난 파국을 불러왔다는 사실을 알게 됩니다.

소설의 마지막까지 가면 1부의 내용 하나하나가 2부의 내용과 연결되어 있음을 깨닫게 됩니다. 구성의 완벽성에 놀라움을 금치 못하게 되는데요. 토니는 의도하지 않았지만 어떤 일들이 발생하였고 이 모든 일은 사라가 죽으면서 남긴 500파운드의 돈과 에이드리언의 일기장으로 인해 밝혀지게 됩니다. 토니는 자신이 에이드리언에게 보낸 편지를 읽고 책임과 혼란을 동시에 느낍니다. 기억이 나지 않으나 내가 한 말과 관련하여 일어난 일에 대해 사람은 어느 정도의 책임감을 느껴야 하는 걸까요?

작가는 시간과 기억이라는 문제를 집요하게 따라가고 있습니다. 토니는 자신이 저주를 퍼부은 편지를 기억하지 못합니다. 왜냐하면 편지보다는 두 사람의 관계에 대한 기억(이루어지지 못한 사랑에 대한 질투)만이 남아 있기 때문입니다. 인간은 세상을 자신의 시각으로 매우 선택적으로 바라보고 기억합니다. 같은 사실을 두고도 사람에 따라 기억이 다르게 저장되어 있기도 합니다. 조금은 미화되고 각색되기도 한 상태로 우리의 '기억'이라는 저장창고에 자리 잡기도 하고, 그 원인과 결과가 반대로 편집되기도 합니다. 어느 한 사건에 대해 우리는 모든 인과 관계를 정확히 알지 못합니다. 마치 에이드리언이 남긴 말처럼 역사는 '부정확한 기억이 불충분한 문서와 만나는 지점에서 빚어지는 확신'일지도 모르겠습니다.

두 번째로 추천하는 작품은 1989년 노벨문학상 수상자이기도 한 가즈오 이시구로의 『남아 있는 나날』입니다. 이 작품도 역시 가독성이 좋으며 재미도 있지만 주제는 가볍지 않습니다. 젊은 시절, 소중했지만 놓쳐버린 것들에 대해서 다루는데요. 이 소설을 읽고 나면 삶에서 무엇이 정말 중요한 것일까 고민해보게 됩니다.

주인공 스티븐스는 가족과 사랑을 포기한 채 '위대한 집사'가 되겠다는 열망으로 충직하게 평생 달링턴 경을 섬긴 사람입니다. 이야기는 현재의 스티븐슨과 과거 그의 행적을 따라갑니다. 1930년대 1, 2차 세계대전이 벌어지던 무렵 달링턴 홀에서 집사로 근무했던 과거와 현재 달링턴 홀의 새 주인이 호의를 베풀어 난생처음으로 6일 간의 여행을 떠나는 내용으로 나뉩니다. 노년의 여행길에 동참하는 듯한 이 소설은 마지막까지 읽다보면 아련하고 서글픈 느낌이 남습니다. 스티븐스는 위대한 집사란 주인에 대한 절대적 믿음, 복종, 이를 넘어선 헌신이 있어야 한다고 굳게 믿어왔습니다. 하지만 달링턴 경이 나치 지지자였다는 진실이 밝혀지면서 그가 평생을 바쳐 지켜온 '위대한 집사'로서의 신념과 신뢰는 한순간 무너지고 맙니다.

세 번째로 추천하는 작품은 2002년도 수상작 얀 마텔의 『파이 이야기』 입니다. 책과 영화 모두 유명한 이 작품을 저는 한참 시간이 흐른 뒤에 읽었습니다. 당시에 호평을 받았던 작품을 뒤늦게 읽게 되면 묘한 감정에 빠져듭니다. '그때는 왜 읽지 않았을까'라는 생각과 '이제라도 읽어서 다행이다'의 두 감정이 교차합니다.

가족과 함께 캐나다로 이민을 가던 중 배가 난파되고 보트에서 표류하며 살아남은 소년 파이의 이야기입니다. 1970년대 후반, 인도의 상황이 불안해지자 파이의 아버지는 캐나다로의 이민을 결심합니다. 캐나다로 가던 화물선은 태평양 한가운데에서 폭풍우를 만나고 맙니다. 배는 바닷속으로 침몰하고 파이는 몇 마리의 동물들과 살아남습니다. 구명보트 위에는 파이와 얼룩말, 오랑우탄, 하이에

나, 그리고 벵골 호랑이 리처드 파커가 있는데요. 동물들은 서로 먹고 먹히는 싸움을 하고 결국에는 파이와 호랑이 리처드 파커만 남습니다. 파이는 파커에게 먹이를 구해 망망대해에서 버텨나갑니다.

구사일생 끝에 파이는 구조되고 사건의 진상을 조사하러 온 조사관에게 파이는 두 가지의 이야기를 들려줍니다. 그가 만들어낸 이야기는 우리에게 세상을 바라보고 현실을 견디어내는 게 무엇인가를 생각하게 해줍니다. 믿음이란 무엇일까? 인간은 어떻게 종교를 가지게 된 것일까? 사람은 믿기 어려운 일을 믿음으로써, 이를 통해 어렵고 힘든 현실을 지탱할 수 있게 되고 삶에 대한 동기가 생겨납니다. "세상은 있는 모습 그대로가 아니에요. 우리가 이해하는 대로죠. 안 그래요? 그리고 뭔가를 이해한다고 할 때, 우리는 뭔가를 갖다 붙이죠, 아닌가요? 그게 인생을 이야기로 만드는 게 아닌가요?"라고 말하는 파이의 말을 들으며 인생은 이야기이며 우리는 우리의 이야기를 선택할 수 있음을 알게 됩니다. 파이가 겪은 삶의 여정을 따라가다보면 눈에 보이는 것만으로 우리가 여기까지 올 수 있었던 건 아닐 거라는 사실을 믿게 됩니다.

　마지막으로 2014년 부커상 수상작인 리처드 플래너건의 『먼 북으로 가는 좁은 길』을 소개하고 싶습니다. 이 소설은 두께도 있고, 전쟁 이야기를 다루기에 주제가 좀 무겁습니다. 우리에게는 다소 생소한 오스트레일리아 전쟁 포로의 이야기를 다루고 있습니다. 1942년, 일본은 타이에서 미얀마에 이르는 415km 철로 건설에 많은 전쟁 포로들을 동원했는데, 그중에는 3000명 이상의 오스트레일리아인이 포함되어 있었습니다. 이 소설의 저자인 리처드 플래너건의 아버지 역시 전쟁 포로 중 한 명이었다가 살아서 고향에 돌아옵니다. 아버지는 전쟁 포로의 삶에 대해 아들에게 들려주었고 아들은 그 이야기를 12년에 걸쳐서 소설로 썼다고 하니 그 긴 세월 동안의 창작의 결실인 이 소설을 읽을 이유가 충분하겠지요.

　주인공 도리고 에반스는 2차대전 당시 일본군의 타이-미얀마 간 '죽음의 철도' 라인에서 살아남아 현재는 외과의사이자 화려한 전쟁영웅이 되었습니다. 소설은 그가 포로가 되기 전 에이미와의 이루어질 수 없는 사랑에 대한 기억과 철도 건설 현장에서의 일본군 전쟁포로로서 겪는 잔혹하고 비참한 현실을 그리고 있습니다. 저자는 이 소설에서 다양한 사람들의 내면을 섬세하게 그려내고 있습니다. 인물의 상황을 구체적으로 드러내면서도 자극적이거나 편파적이지 않게 서술한 것이 특징입니다.

The
Man
Booker
Prize

부커상 수상작

(국내에 번역 출간된 작품만 소개합니다)

1981년   살만 루슈디 『한밤의 아이들』

1982년   토마스 케닐리 『쉰들러 리스트』

1983년   J.M. 쿳시 『마이클 K』

1984년   애니타 브루크너 『호텔 뒤락』

1987년   퍼넬로피 라이블리 『문타이거』

1989년   가즈오 이시구로 『남아 있는 나날』

1990년   앤토니어 수잔 바이어트 『소유』

1991년   벤 오크리 『굶주린 길』

1992년   마이클 온다체 『잉글리시 페이션트』 (골든 맨부커상 수상)

1993년   로디 도일 『패디클라크 하하하』

1997년   아룬다티 로이 『작은 것들의 신』

1998년   이언 매큐언 『암스테르담』

1999년   J.M. 쿳시 『추락』

2000년   마거릿 애트우드 『눈먼 암살자』

2002년   얀 마텔 『파이 이야기』

2003년   DBC 피에르 『버논 갓 리틀』

2004년   앨런 홀링허스트 『아름다움의 선』

2005년   존 밴빌 『바다』

2006년   키란 데사이 『상실의 상속』

2007년   앤 엔라이트 『개더링』

2008년   아라빈드 아디가 『화이트 타이거』

2009년   힐러리 맨틀 『울프 홀』

2010년   하워드 제이콥슨 『영국 남자의 문제』

2011년   줄리언 반스 『예감은 틀리지 않는다』

2012년   힐러리 맨틀 『튜더스, 앤불린의 몰락』 (재수상)

2013년   앨리너 캐턴 『루미너리스』

2014년   리처드 플래너건 『먼 북으로 가는 좁은 길』

2015년   말런 제임스 『일곱 건의 살인에 대한 간략한 역사』

2016년   폴 비티 『배반』

2017년   조지 손더스 『바르도의 링컨』

2018년   애나 번스 『밀크맨』

2019년   마거릿 애트우드 『증언들』 버나딘 에바리스토 『소녀, 여성, 다른
          것』 공동수상

전통과 현대의 교류, 공쿠르상

프랑스의 대표 문학상에는 공쿠르상, 르노도상, 페미나상, 메디치상 등이 있는데 이 중 공쿠르상이 가장 유명합니다. 공쿠르상은 1903년, 페미나상은 1904년에 제정되었는데, 이 두 상이 프랑스에서 가장 전통 있는 문학상입니다. 페미나상은 심사위원이 모두 여성 작가로만 구성된 것이 특징인데 수상자는 남녀에 관계없이 선정됩니다.

공쿠르상은 프랑스의 아카데미 공쿠르에서 매년 12월 첫 주에 그해 발표된 작품 중 가장 우수한 작품을 뽑아 수여하는 상입니다. 프루스트의 『꽃 파는 아가씨들의 그늘 아래』, 생텍쥐페리의 『야간 비행』, 앙드레 말로의 『인간의 조건』, 마르그리트 뒤라스의 『연인』, 미셸 우엘벡의 『지도와 영토』, 파트릭 모디아노의 『어두운 상점들의 거리』 등이 대표적인 수상작입니다. 공쿠르는 프랑스의 소설가 형제로, 형은 에드몽 드 공쿠르이고 동생은 쥘 드 공쿠르입니다. 19세기 후반의 사실주의 소설을 대표하는 작가로 공동으로 작품활동을 했는데, 이 시기에도 공동창작을 했다니 흥미롭습니다. 동생이 죽은 후 『문학 생활의 수기』라는 이름으로 두 형제의 일기가 발간되었습니다. 에드몽의 유언을 따라 그 유산으로 '공쿠르 아카데미'가 설립되었고 주목할 만한 신인 작가에게 공쿠르상이 수여되고 있습니다.

공쿠르상 대표 작품

공쿠르상은 역사가 긴 만큼 수상작들이 많지만 노벨상, 맨부커상과 달리 국내에 번역 출간된 작품이 많지 않습니다. 이 중 재미와 문학성을 둘 다 갖춘 작품 세 권을 추천합니다. 먼저 추천할 작품은 1975년 수상작인 에밀 아자르의

『자기 앞의 생』입니다. 이 책은 부모에게 버림을 받은 모모라는 아이가 로자 아줌마와 함께 아이들을 키우는 이야기입니다. 로자 아줌마는 모모의 부모로부터 돈을 받고 모모를 키워주고 있습니다. 이 사실을 알게 된 모모는 절망에 빠집니다. 로자 아줌마가 자신을 사랑하기 때문에 돌봐주는 존재라고 생각했기 때문입니다. 아이들이 버려지는 이유는 창녀가 아이를 낳아 기를 수 없는 현실 때문입니다. 모모는 로자 아줌마와 함께 버려진 아이들을 가족처럼 돌보며 살아갑니다. 열네 살 모모의 눈을 통해 바라본 세상은 아름답지 못하며 부모에게 버려진 아이들이 경험하는 세계는 각박하고 모질기만 합니다.

소설에 등장하는 인물들은 모두 사회적으로 소외된 인물들입니다. 창녀, 창녀의 버려진 아이들, 아프리카 이민자들, 아랍계 이민자들, 치매에 걸린 할아버지 등이 그러합니다. 하지만 이들은 모모와 따뜻한 소통을 하고 있습니다. 모모는 로자 아줌마, 하밀 할아버지, 롤라 아줌마, 카츠 선생님, 나딘 아줌마와의 관계를 통해 슬픔과 절망을 딛고 일어나며 상처받은 삶을 보듬어 나아갑니다. 하지만 로자 아줌마는 병에 걸려 죽어갑니다. 그 모습을 지켜보는 모모는 두렵기만 합니다. 사랑하는 사람을 잃고 이제 혼자가 될 자기 앞의 생이 두렵기 때문입니다. 이 소설을 읽으면 '진정한 사랑'이란 무엇일까를 고민하게 됩니다. 모모가 로자 아줌마를 사랑했던 마음처럼 '내가 누군가를 더 사랑해주지 못함을 나중에 후회하게 될까?'란 생각을 해봅니다. 인간은 불완전하지만 그렇기에 함께하는 사람들과 서로 사랑하며 살아가야 하겠지요.

1978년 공쿠르상 수상작인 파트릭 모디아노의 『어두운 상점들의 거리』는 기억을 상실한 주인공 롤랑이 운영하던 탐정사무소를 그만두고 자신의 과거를 추적하는 내용을 다루고 있습니다. 작가는 주인공이 기억을 더듬는 여정을 따라가며 잃어버린 시간이 갖는 의미를 탐구해나가는데요. 기억의 상실이라는 모티프는 한 개인의 영역에만 머무는 게 아니라 동시대를 살고 있는 세대가 겪어야 했던 정체성의 문제와도 연결되어 있습니다. 롤랑은 자신과 관련된 단서를 하나둘씩 발견해가며 퍼즐을 맞추어나갑니다. 그가 찾는 잃어버린 시간에는 자신의 삶과 역사가 모두 담겨 있습니다. 기억과 망각이라는 모티프를 통해 소멸하는 자아와 프랑스의 현대 역사를 연결시키는 작품입니다.

세 번째로 추천할 작품은 2016년 공쿠르상을 받은 레일라 슬리마니의 『달콤한 노래』입니다. 레일라 슬리마니는 여성 작가로서는 115년 공쿠르상 역사상 12번째 수상자입니다. 이 책은 『그녀 아델』 이후 레일라 슬리마니의 두 번째 소설로, 그야말로 공쿠르상 원래의 취지인 젊은 작가에게 돌아간 것이라 할 수 있습니다. 그녀의 소설을 관통하는 주제는 '여성'과 '고독'입니다.

스릴러적인 요소가 가미된 이 소설의 주인공은 아이를 보모에게 맡긴 미리암과 아이를 맡아 돌보는 보모 루이즈입니다. 미리암이 두 아이를 낳고 아이를 돌보다가 다시 일을 시작하게 되는 과정은 많은 여성에게 공감을 끌어냅니다. 두 여성 사이의 갈등과 긴장만을 다루었다면 이 소설이 공쿠르상을 받기는 어려웠을 것입니다. 상을 받을 수 있던 이유 중 하나는 루이즈라는 캐릭터를 형상화하는 방식 때문이라고 생각합니다. 루이즈는 인형처럼 아주 가냘픈 소녀 같은 여성으로 묘사됩니다. 아내를 무시하는 남편과 자신이 생각한 것과 전혀 다르게 자란 딸 스테파니가 곁을 떠나게 되자 고독하고 가난하게 생활합니다. 루이즈는 미리암 가족과 함께 지내며 자신의 행복이 그들에게 속할 때에야 가능하다는 잘못된 확신을 가지게 됩니다. 이러한 확신은 집착과 맹신으로 점점 확대되어갑니다. 흥미로우면서도 다양한 주제를 함의하고 있는 책이기에 추천합니다.

PRIX GONCOURT 공쿠르상 수상작

(국내에 번역 출간된 작품만 소개합니다)

1975년　에밀 아자르 『자기 앞의 생』

1878년　파트릭 모디아노의 『어두운 상점들의 거리』

1984년　마르그리트 뒤라스 『연인』

2005년　프랑수아 베예르강스 『엄마 집에서 보낸 사흘』

2006년　조나탕 리텔 『착한 여신들』

2008년　아티크 라히미 『인내의 돌』

2009년　마리 은디아이 『세 여인』

2010년　미셸 우엘벡 『지도와 영토』

2013년　피에르 르메트르 『오르부아르』

2014년　리디 살베르 『울지 않기』

2016년　레일라 슬리마니 『달콤한 노래』

2017년　에리크 뷔야르 『그날의 비밀』

2018년　니콜라 마티외 『그들 뒤에 남겨진 아이들』

미국 문학의 정수, 퓰리처상

퓰리처상Pulitzer Prize은 미국의 저널리즘, 문학, 음악 등에 높은 기여를 한 사람에게 주는 상입니다. 저명한 신문인 조셉 퓰리처의 유산 100만 달러를 기금으로 1917년에 제정된 이 상은 현재 21개 부문에 걸쳐 수상되고 있습니다. 가장 많은 상이 있는 분야는 뉴스·보도사진으로 8개 부문이며, 문학은 소설·연극 등 6개 부문의 상이 있습니다. 컬럼비아대학교 신문학과에 선정위원회가 있으며, 1918년부터 매년 5월에 수상자를 발표합니다. 상금은 1개 부문에 500달러 또는 1,000달러입니다. 퓰리처 문학상을 받은 수상작들을 보면 사회와 불화한 개인이 성장하며 겪는 갈등을 해결하는 이야기들이 주를 이루며, 서로 이해할 수 없는 타자와의 거리를 어떻게 메울 수 있을까 하는 문제를 다루고 있습니다.

2000년 퓰리처상을 받은 줌파 라히리의 『축복받은 집』으로 이야기를 시작해보겠습니다. 이 책은 그녀의 첫 번째 소설집이기도 한데 이 소설로 오 헨리 문학상과 펜·헤밍웨이 문학상, 퓰리처상을 수상하며 미국 문단에 등단했습니다. 번역본의 제목이 『축복받은 집』으로, 원제는 『Interpreter of Maladies』입니다. 9편의 단편 소설 중 이 제목의 단편이 있는데 「질병 통역사」라는 제목으로 번역되어 있습니다. '질병 통역사'라는 제목이 불러일으키는 비문학적 어감과 모호함을 고려해서 출판사에서 다른 작품인 『축복받은 집』을 표제작으로 해 출간한 듯합니다. 줌파 라히리의 소설들은 처음 읽을 때는 평범하고 일상적인 내용처럼 느껴집니다. 건조한 문체로 일상을 이야기하지만 그 안에서 느껴지는 감정의 진폭은 아주 큽니다.

「질병 통역사」는 전혀 예상하지 못했던 방향으로 결말이 전개되어서 흥미로웠고, 질병을 통역해준다는 설정 자체도 독특했습니다. 질병이라고 하면 막연히 육체의 질병이라고 생각하기 쉬운데 이 소설에서는 인물이 심리적 상처를 통역해줄 사람을 필요로 합니다. 8년 동안 아무에게도 털어놓지 못한 비밀을 여행지에서 우연히 만난 질병통역사인 카파시에게 털어놓는 것도 인상적입니다. 다스 부인이 여러 환자들의 통증을 의사에게 통역해준 카파시의 사례들을 집중해서 들은 이유가 질병을 '통역'한다는 직업적 흥미 때문이었다는 사실을 깨닫게 되는 이야기 구성 능력이 흥미롭습니다.

「일시적인 문제」라는 작품은 인도 역사를 공부하는 30대 남성과 교정 일을 하는 여성이 결혼해 권태기에 빠져드는 상황을 그리고 있습니다. 출산 직전인 아내를 남겨두고 남편이 학회에 참석하기 위해 집을 비운 사이, 아이는 유산되고 두 사람의 관계에 균열이 생깁니다. 그러다가 매일 밤 정전이 일어나 어둠 속에서 부부는 서로 비밀을 털어놓는다는 내용을 담고 있습니다.

다음으로는 2007년 수상작인 코맥 매카시의 『로드』를 소개합니다. 코맥 매카시는 미국 현대 문학을 대표하는 소설가로 그의 소설은 개성적인 인물 묘사가 두드러집니다. 문학 평론가 해럴드 블룸은 미국 현대 문학의 4대 작가로 코맥 매카시, 필립 로스, 토머스 핀천, 돈 드릴을 꼽습니다. 이 중 필립 로스는 『미국의 목가』로 퓰리처상을 수상한 바 있습니다. 코맥 매카시의 작품들은 독특한 인물과 상상력이 돋보여서인지 영화화된 작품들이 많은데요. 『로드』를 비롯해 또 다른 소설 『노인을 위한 나라는 없다』도 영화화되었습니다.

　　『로드』는 대재앙 이후의 지구가 배경입니다. 문명과 사람들의 인간성이 모두 파괴된 세계에서 아버지는 아들을 데리고 길을 떠납니다. 그들이 어디로 가는지, 가는 길에 희망이 있는지는 알 수 없습니다. 하지만 그들을 기다리고 있는 것은 인간이기를 포기한 사람들뿐입니다. 배고픔이 극에 달한 그들은 인간마저 잡아먹고 맙니다. 그들에게서 아들을 보호해야 하는 아버지의 마음은 참담하기 그지없습니다. 인간이 인간이기를 포기한 상황에서 아들을 보호한들 무엇을 얻을 수 있을지 막막할 따름입니다. 앞으로 닥

쳐올 우리 미래의 이야기이면서 구성도 돋보이는 작품이라 추천합니다.

퓰리처상 수상작

(국내에 번역 출간된 작품만 소개합니다)

2000년   줌파 라히리 『축복받은 집』

2001년   마이클 셰이본 『캐벌리어와 클레이의 놀라운 모험』

2005년   메릴린 로빈슨 『길리아드』

2007년   코맥 매카시 『로드』

2008년   주노 디아스 『오스카 와오의 짧고 놀라운 삶』

2009년   엘리자베스 스트라우트 『올리브 키터리지』

2010년   폴 하딩 『팅커스』

2011년   제니퍼 이건 『깡패단의 방문』

2013년   애덤 존슨 『고아원 원장의 아들』

2014년   도나 타트 『황금방울새』

2015년   앤서니 도어 『우리가 볼 수 없는 모든 빛』

2016년   비엣 타인 응우옌 『동조자』

2017년   콜슨 화이트헤드 『언더그라운드 레일로드』

2018년   앤드루 숀 그리어 『레스』

2019년   리처드 파워스 『오버스토리』

신인의 등용문, 아쿠타가와상

흔히 아쿠타가와상이라고 불리는 아쿠타가와 류노스케상 芥川龍之介賞은 일본에서 가장 역사 깊은 문학상 중 하나입니다. 일본의 소설가 아쿠타가와 류노스케의 업적을 기리기 위해 1935년에 나오키상과 함께 창설되었습니다. 1년에 두 번 수상작을 발표하는데 최근에는 두 사람이 동시 수상하는 경우도 많아지고 있습니다. 경력이 있는 작가에게 주는 나오키상과 달리, 아쿠타가와상은 신인 작가의 단편과 중편이 심사 대상이 되며 심사위원의 합의로 수상작이 결정됩니다. 제2차 세계대전 중인 1945년부터 임시 중단되었다가 1949년에 재개되었습니다.

아쿠타가와상을 받은 작품들은 우리나라에도 많이 번역 출간되었는데, 그중에서 두 편을 소개합니다. 아오야마 나나에의 『혼자 있기 좋은 날』은 2007년 136회 아쿠타가와 상을 받은 작품입니다. 이 소설의 주인공 지즈는 이제 막 고등학교를 졸업하고 첫 번째 봄을 맞이했습니다. 엄마와 둘이 살다가 엄마의 중국 전근을 계기로 도쿄로 상경합니다. 스무 살 지즈가 일흔한 살인 먼 친척 긴코 할머니의 작은 단독주택 집에서 살게 되면서 두 사람과 고양이 두 마리의 동거가 시작됩니다. 도쿄에서의 생활은 마음에 들지 않는 것들이 많습니다. 금방 끝이 나버릴 것 같은 불안정한 연애를 하며 지즈는 미래를 두려워합니다. 하지만 긴코 할머니와 보내는 일상으로 인해 극복하기 어려울 것 같았던 불안을 이겨나가며 조금씩 성장해갑니다.

십여 년 전 소설이지만 요즘의 한국 사회 분위기와도 비슷해서 공감이 갑니다. 딸아이와 저의 나이 차가 소설 속의 지즈와 엄마 나이와 같아서 묘한 동질감을 느끼기도 했습니다. 지즈와 엄마 사이가 묘하게 어긋나는 모습을 보면서 뜨끔해지기도 합니다. 일부러 젊은 척, 친한 척을 한 적은 없는지 자신을 돌아보게 됩니다. 이 소설의 지즈나 『편의점 인간』의 게이코는 요즘 젊은 세대의 심리나 상황을 잘 보여준다는 생각이 듭니다. 여성, 임시직, 불안정함, 미래에 대한 불안감 등. 이런 면을 잘 묘파한 소설들이 일본 여성 작가에게서 많아 보입니다. 한국 여성 작가들의 수상작 테마와는 다른 느낌입니다.

무라타 사야카의 『편의점 인간』은 2016년 제155회 아쿠타가와상을 수상한 소설입니다. 『혼자 있기 좋은 날』이 20대 여성이 경험하는 불안함과 미래에 대한 불안을 개인적인 차원에서 다루고 있다면 『편의점 인간』은 임시직으로 살아가는 삼십대 여성의 모습을 통해 정상적 삶과 비정상적 삶의 기준을 나누는 사람들의 시선에 문제를 제기하고 있습니다.

이 소설의 주인공 게이코는 삼십대 중반의 나이에 연애도, 결혼도 하지 않은 채 편의점에서 18년째 아르바이트를 하고 있습니다. 편의점에서 일하며 매뉴얼을 따를 때 편안함을 느끼는 그녀이지만 서른여섯 살이 되자 더 이상 편의점 아르바이트생이라는 정체성만으로는 정상적인 인간인 척 살아가기가 힘들어집니다. 그런 그녀 앞에 시라하라는 남자가 나타납니다. 그는 서른다섯 살의 대학 중퇴자이며 편의점 아르바이트에서도 잘릴 정도로 무능력합니다. 잘린 편의점 근처에서 다른 여자를 스토킹하다가 게이코와 마주치는데, 그녀에게 밑바닥 인생이라며 폭언까지 퍼붓는 구제불능입니다. 두 사람은 사회가 정해놓은 기준에 따라 살지 않으면 무례하게 간섭하는 사람들에게서 벗어나기 위해 동거를 시작합니다.

일본이나 우리나라처럼 다른 사람들의 시선을 많이 의식하는 나라에서, 정상 세계와 비정상 세계를 나누는 사람들의 시선과 그 기준이 무엇이냐고 묻는 소설입니다.

아쿠타가와상 수상작

(2000년대 이후 수상작 중 한국에 번역 출간된 작품을 소개합니다)

125회 2001년 상반기	겐유 소큐 『중음의 꽃』
126회 2001년 하반기	나가시마 유 『맹스피드 엄마』
127회 2002년 상반기	요시다 슈이치 『파크 라이프』
128회 2002년 하반기	다이도 다마키 『이렇게 쩨쩨한 로맨스』
130회 2003년 하반기	가네하라 히토미 『뱀에게 피어싱』,
	와타야 리사 『발로 차주고 싶은 등짝』
132회 2004년 하반기	아베 가즈시게 『그랜드 피날레』
133회 2005년 상반기	나카무라 후미노리 『흙 속의 아이』
134회 2005년 하반기	이토야마 아키코 『바다에서 기다리다』
135회 2006년 상반기	이토 다카미 『8월의 길 위에 버리다』
136회 2006년 하반기	아오야마 나나에 『혼자 있기 좋은 날』
137회 2007년 상반기	스와 데쓰시 『안드로메다 남자』
138회 2007년 하반기	가와카미 미에코 『젖과 알』
139회 2008년 상반기	양이 『시간이 스며드는 아침』
146회 2011년 하반기	엔조 도 『어릿광대의 나비』,
	다나카 신야 『나를 잡아먹는 사람들』
150회 2013년 하반기	오야마다 히로코 『구멍』
151회 2014년 상반기	시바사키 도모카 『봄의 정원』
152회 2014년 하반기	오노 마사쓰구 『9년 전의 기도』
153회 2015년 상반기	마타요시 나오키 『불꽃』
155회 2016년 상반기	무라타 사야카 『편의점 인간』
159회 2018년 상반기	다카하시 히로키 『배웅불』

SF계의 노벨상, 휴고상과 네뷸러상

휴고상Hugo Award은 전 해에 발표된 최우수 과학 소설과 환상문학 작품에 수여하는 과학 소설상입니다. 어메이징 스토리Amazing Stories의 설립자인 휴고 건즈백을 기념하여 1955년에 만들어졌는데 SF 문학상 중 네뷸러상과 함께 가장 유명한 상이기도 합니다. 휴고상의 소설 분야는 장편, 중장편, 중편, 단편이라는 네 분야로 나뉘어져 있습니다. 어슐러 르 귄, 필립 K. 딕, 아서 C. 클라크, 아이작 아시모프, J. K. 롤링 등 이름난 작가들이 이 상을 수상했습니다. 트로피 외에 별도의 상금은 없습니다.

네뷸러상Nebula Award은 미국 SF 판타지 작가 협회가 미국 내에서 출판 및 발표된 SF 작품을 대상으로 매년 수여하는 문학상입니다. 휴고상이 팬들의 투표에 의해서 결정되는 반면 네뷸러상은 미국 SF 판타지 작가 협회 소속의 작가, 편집자, 비평가 등 SF 전문가들이 뽑습니다. 동일한 작품이 한 해에 네뷸러상과 휴고상을 동시에 수상하는 일도 있습니다. 예를 들어 어슐러 르귄은 휴고상과 네뷸러상을 각각 5번씩 수상했는데요. 대표작인 『어둠의 왼손』은 1970년에 휴고상과 네뷸러상을 동시에 수상했습니다. 어슐러 르귄은 장르 소설에서 큰 족적을 남긴 사람에게만 수여하는 그랜드 마스터상을 수상하기도 했습니다.

어슐러 르귄의 『어둠의 왼손』

어슐러 르귄의 소설 중 『어둠의 왼손』은 상당히 철학적인 내용을 담고 있으며 '양성인' 이라는 실험적인 설정을 통해 뛰어난 상상력을 보여줍니다. 가볍게 읽을 수 있는 작품이라기보다는 독자에게 근원적인 질문을 던지는 작품입니다. 이 소설의 배경은 게센인들이 살고 있는 겨울 행성입니다. 83개 행성의 범우주적 공동체인 에큐멘의 특사 자격으로 주인공 겐리 아이가 이 행성에 찾아옵니다. 소설에서 가장 특이한 설정은 게센인들이 양성인이라는 점입니다. 이들은 한 달에 22일 정도는 성이 잠재되어 있고 케메르 기간(성이 발현되는 시기)에는 서로 합의하여 성적 결합을 하는 특징을 지니고 있습니다. 게센인들은 성적 차이에 기인한 불평등을 받지 않습니다. 성이 고정되어 있는 게 아니므로 둘 중 누구라도 출산을 할 수 있어 출산의 고통도 어느 한쪽에게만 부과되지 않고 육아의 부담 또한 사회 전체가 공유합니다.

겐리 아이는 홀몸에 무방비 상태로 겨울 행성을 찾아왔습니다. 그가 혼자 오게 된 이유는 이 행성의 균형을 깨려고 한다거나 침략의 의도가 없기 때문입니다. 오로지 개인 대 개인의 인간적인 관계 맺기를 통해 자신을 이해시키고자 합니다. 과연 겐리 아이는 혼자서 전혀 공통점이 없는 행성 사람들을 설득시킬 수 있을까요? 이 책을 읽다보면 서로 다른 행성에 살고 있는 사람들이 아니더라도 나와 완전히 다른 존재를 만나 서로 이해하고 받아들이기까지의 과정을 고민해보게 됩니다.

데이비드 키스 『앨저넌에게 꽃을』

다음으로 소개할 책은 1967년 휴고상을 수상한 데이비드 키스의 『앨저넌에게 꽃을』입니다. 재미있는 스토리이면서도 감동적인 주제를 담고 있습니다. 한 편의 이야기에 다양한 생각할 거리들이 담겨져 있으며 SF의 느낌이 별로 나지 않는 작품이기도 합니다.

주인공 찰리는 서른두 살의 아이큐가 68인 도넛 가게 직원입니다. 뇌수술로 지능을 높여주겠다는 비크만 대학교 연구팀인 제이 스트라우스 박사의 제안을 받아들여 수술을 받게 됩니다. 소설은 찰리가 쓰는 일기 형식의 경과 보고서로 진행됩니다. 수술을 받기 전의 경과보고서는 찰리의 원래 상태를 보여줍니다. 철자법이 맞지 않고, 어려운 단어는 알아듣지 못하여 발음이 비슷한 다른 단어로 적고 있습니다.

수술 후 지능이 높아지면서 찰리는 어린 시절의 상처와 가슴 아픈 기억들을 떠올리게 됩니다. 엄마 로즈와 아빠 매트는 지능이 떨어지는 찰리 때문에 싸웠던 기억입니다. 찰리가 다섯 살 때 여동생이 태어났고, 동생이 밤에 울자 찰리는 어른처럼 안아서 달래려고 하는데 이 광경을 목격한 엄마는 찰리를 때리고 밀쳐냅니다. 엄마는 동생 노마가 정상이라는 사실을 알자 찰리를 버립니다. 이런 상처를 안고 있는 찰리는 엄마에게 사랑받기 위해 똑똑한 아이가 되고 싶었습니다. 이것이 수술을 받아들이는 결정적 이유로 작용합니다. 소설의 제목에 등장하는 앨저넌은 하얀 생쥐입니다. 앨저넌 역시 지능이 좋아지는 수술을 받은 쥐였고, 찰리는 어려운 미로를 모두 통과하는 앨저넌을 보면서 진한 동질감을 느끼게 됩니다.

찰리는 똑똑해지면 모든 게 좋아질 거라고 생각했지만 현실은 전혀 그렇지 않습니다. 똑똑해진 찰리는 일하던 도넛 가게에서 쫓겨납니다. 다른 직원들이 똑똑해진 찰리에게 적대감을 가졌기 때문입니다. 직원들은 찰리가 지능이 떨어질 때는 찰리를 비웃으며 놀려댔지만 찰리가 지적으로 뛰어나게 되자 열등감을 느끼고, 자신들을 배신했다고 생각합니다. 소설은 지능이 높아진다고 해서 반드시 행복해지는 것은 아니며 지능과 교육이 아무리 중요하더라도 인간에 대한 애정과 조화가 함께 어우러져야 함을 보여주고 있습니다.

주목할 만한 작품과 작가

최근 가장 주목할 만한 작가는 테드 창입니다. 테드 창의 소설은 국내에 두 권의 소설집으로 출간이 되었습니다. 「네 인생의 이야기」, 「바빌론의 탑」, 「지옥은 신의 부재」 등이 실려 있는 『네 인생의 이야기』와 「상인과 연금술사의 문」이 실려 있는 『숨』입니다. 테드 창의 「네 인생의 이야기」는 2000년 중·장편 부문에서 네뷸러상을 수상했습니다. 이 소설은 과학적 지식이 많지 않더라도 흥미롭게 읽을 수 있습니다. 주인공 루이즈가 자신의 (아직 태어나지 않은)

딸을 향해 '네 인생의 이야기'를 말하는 형식을 취하고 있습니다. 언어학자인 루이즈 뱅크스는 '헵타포드'라 불리는 외계인과의 의사소통 프로젝트에 합류해 그들의 이질적인 언어를 연구하는 인물입니다. 복잡한 그래픽 디자인을 모아놓은 것 같은 그들의 문자에는 시작과 끝이 없습니다. 인간의 인식이 원인과 결과라는 시간적인 순서에 얽매여 있는 데 반해 헵타포드는 모든 것을 동시에 인식합니다. 그들의 언어를 배우면서 루이즈의 인식 방식도 점차 변화하게 됩니다.

이 소설은 사유 체계가 다른 존재와 소통한다는 것이 어떤 것인지, 시간을 인과적으로 파악하지 않고 동시적으로 파악한다는 것이 무엇인지에 대해 근원적인 질문을 던지고 있습니다. 이 소설은 드니 빌뇌브 감독에 의해 영화화되었습니다. 영화의 원제는 <도착Arrival>인데 우리나라에서는 <컨택트>라는 제목으로 상영되었습니다. <도착>보다 <컨택트>가 원작의 의미를 살려주는 느낌이 들기도 합니다. 영화는 원작의 깊이를 더할 뿐만 아니라 설명하기 어려운 물리학적 내용은 제외하고 언어의 인식 문제에 집중해서 주제를 형상화하는데, 소설과 영화 모두 추천합니다.

또 한 명의 주목할 만한 작가는 중국계 미국인 켄 리우입니다. 그는 2011년에 발표한 단편 「종이 동물원」으로 2012년에 휴고상과 네뷸러상, 세계환상 문학상을 모두 받는 최초의 작가가 되었습니다. 2013년에는 단편 「모노노아와레」로 휴고상을 받았습니다.

「종이 동물원」은 선물 포장지로 아들에게 동물을 만들어주고, 그것에 생명을 불어넣는 중국인 어머니에 대한 이야기입니다. 휴고상 단편 부문 대상을 수상한 「모노노아와레」는 우주로 나온 인류에 대한 작품입니다. 켄 리우의 작품은 우리나라에서 『종이 동물원』으로 출간되었습니다. 「종이 동물원」의 내용은 굉장히 감동적입니다. 주인공의 어머니는 1966년 문화대혁명이 일어난 후 홍콩에 있는 외삼촌을 찾아가려다 팔려갑니다. 그녀는 어느 할머니의 도움으로 미국으로 와서 주인공의 아버지를 만나 결혼하게 됩니다.

하지만 남편은 자신을 이해해주지 못하고, 영어로 의사소통이 원활하지 않은 그녀는 점점 외로워집니다. 그녀는 아들에게 종이로 동물을 만들어주고, 종이 동물들은 달리고 으르렁거리기도 합니다. 하지만 아들이 고등학생이 되었을 때 그녀는 종이접기를 그만두었고 더 이상 아들과 대화를 나누지 않는 사이가 됩니다. 시간은 흘러 그녀는 암에 걸리고 오랫동안 통증에 시달립니다. 아들의 마음은 엄마의 병실이 아닌 딴 곳에 가 있습니다. 그녀는 죽기 전 종이호랑이를 아들에게 전해주고 청명절에 아들은 엄마가 접어주었던 종이호랑이 뒷면에 그녀의 진심이 담긴 편지가 쓰여 있음을 알게 됩니다. 이 소설은 짧은 이야기에 다양한 주제를 담고 있는 것이 매력입니다. 인종 차별 문제, 중국계 이주민인 어머니와 2세인 자녀 사이에서 겪는 갈등을 하나의 이야기 속에 녹여 표현한 솜씨가 뛰어납니다.

6
장

국내 문학상
수상작
읽는 시간

국내 문학상 알아보기

세계 문학상에 이어 이번에는 국내 문학상으로 시선을 돌려볼까 합니다. 국내 문학상 중 역사적으로 오래되고 권위를 인정받는 3대 문학상을 꼽으라고 하면 문학사상사가 주관하는 이상문학상, 조선일보가 주관하는 동인문학상, 현대문학이 주관하는 현대문학상이 있습니다.

이 책은 읽을 만한 수상작을 소개하는 것을 목적으로 하며 한국 문단의 문제를 분석하려는 의도를 가지고 있지는 않습니다만 문학상 수상 작품을 추천하는 일과 관련하여 설명할 부분이 있어서 간략하게 이를 언급하고자 합니다. 그동안 국내 작가들이 문학상 수상을 거부하게 된 몇 가지 사건이 있었습니다. 2013년에는 원로작가의 글이 정치적인 이유로 『현대문학』에 연재를 거부당하는 일이 있어 현대문학상 수상자인 황정은 작가(소설 부문)와 신형철 문학평론가(평론 부문)가 수상을 거부한 경우가 있습니다. 동인문학상의 경우 김동인의 친일행적을 비판하며 일부 작가가 수상을 거부하는 일이 있기도 했습니다.

2020년에는 이상문학상 우수상 수상자로 결정된 김금희, 최은영, 이기호 작가가 잇달아 수상을 거부하면서 수상자 발표가 무기한 연기되었습니다. 그 이유는 계약서에 있는 독소조항 때문이었는데요. '수상작 저작권을 3년간 출판사에 양도하고 작가 개인의 단편집에 실을 때도 표제작으로 내세울 수 없다'는 조항이 있었는데 작가들이 이에 대한 수정요구를 했지만 받아들여지지 않았기 때문입니다. 최은영 작가 역시 그동안 이런 조건을 겪어본 적이 없고, 작가들이 보다 나은 조건에서 출판사와 관계 맺기를 희망하는 마음으로 이상문학상 우수상을 받지 않겠다고 밝혔습니다. 2019년 이상문학상 대상을 받았던 윤이형 작가는 절필선언을 하기도 했습니다. 이에 문학사상사는 2020년 2월 공식사과를 했고 개선책을 발표했습니다. 2020년 이상문학상 수상자 발표는 하지 않기로 했고, 논란이 된 우수상 수상 조건은 모두 없애기로 했으며 대상 수상작의 '저작권 3년 양도' 조항은 '출판권 1년 설정'으로 바꾸고 '(3년간) 작가 개인 작품집에 표제작으로 실을 수 없다'는 내용도 상을 받은 뒤 1년 후부터 해제하는 것으로 바꾼다고 밝혔습니다.

한국 문학상의 권위를 갉아먹는 또 다른 문제로 지적되고 있는 건 불공정 논란입니다. 2013년 계간 『문학의 오늘』 여름호에서는 국내 작가 70명에게 '문학상 선정과정이 공정하다고 보느냐'고 물었습니다. 그 결과 '공정하다'고 답한 작가가 13명(18.6%)에 그쳤습니다. 이러한 문제의식은 한국 문학상이 공정성을 어떻게 회복하고 발전적 방향으로 나아갈 것인가에 대한 고민을 하게 합니다. 작품의 저작권을 독점하는 행위로 작가의 창작 의욕을 저하시켜서는 안 될 것입니다. 활발하게 활동하며 문학적 성과를 내고 있는

작가의 작품을 폭넓게 평가하는 문학상이 될 수 있기를 희
망해봅니다.

 이러한 기대와 함께 국내 문학상을 소개하고 수상작 추
천을 해보겠습니다. 세계 문학상에서도 그랬듯이 문학성
과 재미를 갖춘, 읽어볼 만한 작품들을 중심으로 추천합
니다.

한국 현대 문학의 역사, 이상문학상, 동인문학상, 현대문학상
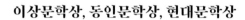

이상문학상

소설가 이상의 작가정신을 계승한다는 취지의 이상문학상은 한국 소설계의 발전을 위해 문학사상사가 1972년에 제정한 문학상입니다. 이상은 1930년대 가장 모던한 시인이자 소설가이며 근대적인 자아의식을 탐구했던 작가로 알려져 있습니다. 매년 1월부터 12월까지 발표한 작품 중 작품성이 뛰어난 중·단편 후보작을 고르고 그중에서 대상 1편을 뽑아 시상을 하고 있습니다. 대상과 우수작들은 문학사상사에서 발행하는 『이상문학상 수상작품집』에 매년 수록되어 출간됩니다. 1977년 1회 수상작은 「서울의 달빛 0장」으로 김승옥 작가가 수상했고 이후로도 문학사적으로 인정받은 작가의 작품이 수상해왔습니다. 김승옥(1회), 이청준(2회), 박완서(5회), 윤대녕(20회), 은희경(22회), 김훈(28회), 한강(29회), 김영하(36회) 등 이상문학상 대상 수상자를 살펴보면 한국 문학의 역사를 알 수 있습니다.

제36회 2012년 수상작 김영하의 「옥수수와 나」는 김영하 특유의 글쓰기가 돋보이는, 유쾌하면서도 기발한 소설이라서 추천합니다. 소설가인 박민수는 닭들이 자기를 옥수수라고 쫓아오는 망상에 시달리고 있습니다. 출판사에 다니는 이혼한 전처는 그에게 원고 독촉을 하고 있으며, 월스트리트 출신의 출판사 사장은 '나'에게 미국의 아파트를 빌려주며 그곳에서 집필 작업을 하라고 권합니다. 출판사 사장은 사실 뉴욕에 살고 있는 절세미인 부인이 끊임없이 바람을 피우고 있지만 위자료를 주기가 싫어서 이혼을 못하고 있는 상황입니다.

'나'는 아파트에서 원고를 쓰다가 사장의 부인을 만나게 됩니다. 글이 잘 안 써지다가 스티븐 킹처럼 책이 술술 써지는 경지에 이르렀다고 생각한 순간과 파국은 동시에 찾아옵니다. 사장의 아내와 육체적 관계를 맺을 때 현장에서 사장에게 들키게 되는 것입니다. 내 삶의 주체성을 되찾았다고 생각한 순간 자본가를 이길 수 없음을 깨닫습니다. '나'에게 총을 겨누며 협박하는 사장에게 약봉지를 전해 받고 이를 삼키자마자 나는 자신이 옥수수가 되었음을 깨닫습니다. 자본의 논리로 무장한 사장은 예술과 예술가의 정신 따위는 아랑곳하지 않은 채 상품으로서의 소설을 오직 어떻게 팔지에만 관심을 갖고 있을 뿐입니다.

이상문학상 대상 수상작

제5회 1981년　　박완서「엄마의 말뚝 2」

제6회 1982년　　최인호「깊고 푸른 밤」

제7회 1983년　　서영은「먼 그대」

제8회 1984년　　이균영「어두운 기억의 저편」

제9회 1985년　　이제하「나그네는 길에서도 쉬지 않는다」

제10회 1986년　　최일남「흐르는 북」

제11회 1987년　　이문열「우리들의 일그러진 영웅」

제12회 1988년　　임철우/ 한승원,「붉은 방」/「해변의 길손」

제13회 1989년　　김채원「겨울의 환」

제14회 1990년　　김원일「마음의 감옥」

제15회 1991년　　조성기「우리 시대의 소설가」

제16회 1992년　　양귀자「숨은 꽃」

제17회 1993년　　최수철「얼음의 도가니」

제18회 1994년　　최윤「하나코는 없다」

제19회 1995년　　윤후명「하얀 배」

제20회 1996년　　윤대녕「천지간」

제21회 1997년　　김지원「사랑의 예감」

제22회 1998년　　은희경「아내의 상자」

제23회 1999년　　박상우「내 마음의 옥탑방」

제24회 2000년　　이인화「시인의 별」

제25회 2001년　　신경숙「부석사」

제26회 2002년　　권지예「뱀장어 스튜」

제27회 2003년　　김인숙「바다와 나비」

제28회 2004년　　김훈「화장」

제29회 2005년　　한강「몽고반점」

제30회 2006년　　정미경「밤이여, 나뉘어라」

제31회 2007년　　전경린「천사는 여기 머문다」

제32회 2008년 권여선 「사랑을 믿다」

제33회 2009년 김연수 「산책하는 이들의 다섯 가지 즐거움」

제34회 2010년 박민규 「아침의 문」

제35회 2011년 공지영 「맨발로 골목을 돌다」

제36회 2012년 김영하 「옥수수와 나」

제37회 2013년 김애란 「침묵의 미래」

제38회 2014년 편혜영 「몬순」

제39회 2015년 김숨 「뿌리 이야기」

제40회 2016년 김경욱 「천국의 문」

제41회 2017년 구효서 「풍경소리」

제42회 2018년 손홍규 「꿈을 꾸었다고 말했다」

제43회 2019년 윤이형 「그들의 첫 번째와 두 번째 고양이」

동인문학상

동인문학상은 소설가 김동인을 기리는 문학상으로 우리
나라에서 가장 역사가 오래된 상이기도 합니다. 1955년에
『사상계』에서 제정한 상으로 현재는 조선일보사에서 주관
하고 있습니다. 역사가 오래된 만큼 한국 현대문학을 대표
하는 작가들이 수상을 해왔습니다. 동인문학상은 중·단편
한 편이 아닌 단행본에 주는 게 특징입니다.

먼저 추천할 작품은 제47회 2016년 수상작 권여선의 『안녕 주정뱅이』입니다. 이 책을 추천하는 이유는 일곱 편 소설의 등장인물들이 술을 마시는 장면이 나오는 설정도 특이하지만 단편 한 편 한 편이 가슴을 파고든다고 할까요. 이 책을 읽다보면 봄밤에 술 한잔을 마셔야 할 것만 같아집니다. 등장인물들이 마시는 술은 즐거워서라기보다는 이 상황을 견디기 위해 마시는 것이 대부분입니다. 어쩌다가 이들은 술을 마시지 않으면 견디지 못하는 삶을 살게 된 것일까요? 인물들이 겪는 불행에 초점을 맞추고 있는데, 각각의 인물이 겪는 불행은 인생에 누군가가 악의적인 해를 가해서인 경우도 있지만 예기치 못하게 다가온 경우도 있습니다. 자신이 만들어낸 불행도 있지만 스스로 벗어날 수 없는 굴레 같은 불행도 존재합니다.

이 소설집에서 「이모」와 「카메라」 두 편을 가장 인상적으로 읽었습니다. 「이모」에서 이모는 가족들의 생활을 책임지는 가장의 삶을 평생 살아오다가 50세가 되었을 때에야 결심하고 가족과 연을 끊습니다. 가족 곁을 완전히 떠나기 전 5년간 악착같이 모은 1억 5천만 원에서 1억은 아파트 보증금으로, 남은 5천만 원으로는 그 돈이 떨어질 때까지 아무 일도 하지 않고 살겠다고 결심을 하는데요. 날마다 도서관에 가서 책을 읽고, 한 달 생활비로는 35만원의 돈을 씁니다. 그런 이모는 췌장암에 걸려 2년을 살다 죽음을 맞이합니다. 이모는 자신에게 부여된 가족 부양이라는 의미를 묵묵히 견뎌낸 인물입니다. 그녀가 가족에 대해 진절머리를 내는 것은 밀접한 관계를 거부하고 결혼을 하지 않고 사는 모습에서도 알 수 있습니다.

「카메라」는 인간의 불행이 우연이나 실수의 소산일 수 있음을, 그럴 때 이를 어떻게 받아들여야 할까를 생각해보게 하는 소설입니다. 문정은 관주와 헤어진 후 2년이 지나고 나서야 관주에게서 왜 연락이 끊겼는지를 그의 누나 관희를 만나게 됨으로써 알게 됩니다. 사귄 지 두 달 후 두 사람은 사소한 말다툼을 하고 헤어집니다. 그 며칠 전에 문정은 카메라로 사진을 찍고 싶다고 관주에게 말했습니다. 관주는 조교를 하며 받은 월급으로 카메라를 사고, 새로 산 카메라로 연습 촬영을 하다가 불법체류자인 외국인과 시비가 붙고 싸우다가 쓰러집니다. 관주는 바닥에 새로 깐 돌길에 머리를 부딪혀 죽게 됩니다.

　다음으로 추천하고 싶은 작품은 제49회 2018년 수상작인 이기호 작가의 『누구에게나 친절한 교회 오빠 강민호』입니다. 이 소설집에 실려 있는 일곱 편의 단편은 모두 누군가의 이름으로 제목이 붙여져 있습니다. 최미진, 나정만, 권순찬, 박창수, 김숙희, 강민호, 한정희라는 주변에서 흔히 만날 수 있는 사람의 이름입니다. 이 소설은 다른 사람에게 베푸는 친절과 타인으로부터 느끼는 부끄러움을 이야기합니다. 다른 사람에게 베푸는 친절은 그 사람을 위한 것일까요? 아니면 친절을 베푸는 나를 위한 것일까요? 이에 대해 작가는 질문을 던집니다. 「최미진은 어디로」의 화자인 소설가 '이기호'는 자신의 장편 소설을 염가 판매하고 있는 '제임스 셔터내려'에게 모욕감을 느끼고 그를 직접 만나보기 위해 광주에서 일산까지 KTX를 타고 올라갑니다. 하지만 책을 판매하러 온 사람의 사연을 듣고, 자신이 '모욕을 당할까봐 모욕을 먼저 느끼며 모욕을 되돌려주는 삶에 대해' 부끄럽게 생각합니다.

「권순찬과 착한 사람들」에서 화자는 서울에 있는 가족과 떨어져 G시에서 대학교수로 재직하고 있습니다. 6년이 지나도록 가족과 떨어져 지내면서 화자는 '자꾸 애꿎은 사람에게 화를 내는' 자신을 발견합니다. 어느 날 아파트 단지 건너편 야산 앞에 "103동 502호 김석만 씨는 내가 입금한 돈 7백만 원을 돌려주시오!"라고 적힌 대자보를 들고 조용한 시위를 하는 권순찬 씨가 등장합니다. 권순찬 씨는 아파트 단지 주민들에게 어떠한 요구를 하거나 피해를 입히지도 않지만, 주민들은 시간이 지날수록 그의 존재를 못 견뎌 합니다. 아파트 주민들은 찬 곳에서 잠을 자는 그를 볼 때마다 마음이 불편합니다. 결국 주민들이 십시일반으로 모은 7백만 원을 건네지만 권순찬씨는 이를 거절합니다. 그는 왜 이 돈을 거절했을까요? 화자는 첫눈이 내리는 날 술김에 권순찬 씨에게 다가갔다가 그의 멱살을 잡고 애꿎은 사람을 괴롭히지 말라는 말을 남기고 돌아섭니다. 이 소설은 정작 비난받아야 할 사람이 아닌 관계 없는 사람들끼리 서로에게 화를 내고 상처를 입히는 과정을 보여주고 있습니다.

「나를 혐오하게 될 박창수에게」와 「오래전 김숙희는」은 연작 소설입니다. 김숙희는 남편 김준수의 도움을 받습니다. 남편은 숙희에게 등록금을 대주고 용돈을 주었으며, 단 하루도 쉬지 않고 일을 해왔습니다. 이 소설은 이런 남편에게 왜 김숙희가 적개심을 느끼게 되었는가를 이해하는 과정이 중요합니다. 공소시효를 3개월 남긴 시점에서 김숙희는 자수를 합니다. 경찰서에 앉아 15년 전의 사건에 대해 진술서를 쓰면서 자신이 왜 살인자가 되었는가에 대해, 그리고 무엇 때문에 수치감을 느꼈는지에 대해 써내려갑니다. 친절이란 상대방이 부끄러움을 느끼지 않을 정도로만 베풀어야 한다는 사실을 우리가 놓치고 있는지도 모르겠습니다.

동인문학상 수상작

제21회 1990년   김향숙 『안개의 덫』

제22회 1991년   김원우 『방황하는 내국인』

제23회 1992년   최윤 『회색 눈사람』

제24회 1993년   송기원 『아름다운 얼굴』

제25회 1994년   박완서 『나의 가장 나종 지니인 것』

제26회 1995년   정찬 『슬픔의 노래』

제27회 1996년   이순원 『수색, 어머니 가슴속으로 흐르는 무늬』

제28회 1997년   신경숙 『그는 언제 오는가』

제29회 1998년   이윤기 『숨은 그림 찾기1』

제30회 1999년   하성란 『곰팡이 꽃』

제31회 2000년   이문구 『내 몸은 너무 오래 서 있거나 걸어왔다』

제32회 2001년   김훈 『칼의 노래』

제33회 2002년   성석제 『황만근은 이렇게 말했다』

제34회 2003년   김연수 『내가 아직 아이였을 때』

제35회 2004년   김영하 『검은 꽃』

제36회 2005년   권지예 『꽃게 무덤』

제37회 2006년   이혜경 『틈새』

제38회 2007년   은희경 『아름다움이 나를 멸시한다』

제39회 2008년   조경란 『풍선을 샀어』

제40회 2009년   김경욱 『위험한 독서』

제41회 2010년   김인숙 『안녕, 엘레나』

제42회 2011년   편혜영 『저녁의 구애』

제43회 2012년　　정영문 『어떤 작위의 세계』

제44회 2013년　　이승우 『지상의 노래』

제45회 2014년　　구효서 『별명의 달인』

제46회 2015년　　김중혁 『가짜 팔로 하는 포옹』

제47회 2016년　　권여선 『안녕 주정뱅이』

제48회 2017년　　김애란 『바깥은 여름』

제49회 2018년　　이기호 『누구에게나 친절한 교회 오빠 강민호』

제50회 2019년　　최수철 『독의 꽃』

현대문학상 소설 수상작

1960년대 세워진 민음사나 창작과비평사에 비해 문학동네는 1993년에 창립했으니, 기존의 문학 출판사 중에는 후발 주자에 속합니다.

문학동네가 운영하는 문학상은 '문학동네 소설상', '문학동네 작가상', '문학동네 젊은 작가상', '문학동네 대학 소설상' 등이 있는데요. 2017년부터 문학동네 소설상, 문학동네 작가상, 문학동네 대학 소설상은 '문학동네 소설상'으로 통합되어 수상되고 있습니다. 문학동네 문학상의 특징은 젊은 작가들을 적극 지원한다는 점인데요. 그동안 은희경, 김영하, 박민규, 김언수, 조남주, 장강명 등의 작가들이 문학동네 소설상을 수상하면서 한국 문학의 새바람을 불러일으켰습니다.

2010년에는 '젊은 작가상'을 제정하여 등단 10년 이내 작가들의 작품을 독자들에게 선보이고 있습니다. 이를 통해 김애란, 황정은, 손보미, 김금희, 최은영, 박상영 등 한국문학의 현재와 미래를 밝혀줄 젊은 작가들이 조명되면서 독자들의 사랑을 받고 있습니다. 문학동네 문학상은 실제 독자들이 느끼는 체감 인기와 맞닿아 있다는 게 특징입니다. 문학동네 문학상의 새로움은 제1회 문학동네 작가상을 수상한 김영하 작가의 『나는 나를 파괴할 권리가 있다』의 파격성을 통해서도 느낄 수 있습니다. 이 작품은 자살을 돕는 자살안내인이라는 직업을 가진 주인공의 이야기를 다루는 실험적인 스토리텔링이 돋보이는 소설입니다.

문학동네 소설상과 젊은 작가상 작품을 중심으로 몇 작품을 추천해봅니다. 먼저 제10회 문학동네 소설상 수상작인 천명관의 『고래』입니다. 엄청난 가독성을 자랑하는 천명관의 『고래』는 소설의 재미라는 게 무엇인가를 보여주는 소설로, 아직 읽어보지 못했다면 꼭 한 번 읽어보기를 권하고 싶습니다. 이야기가 꼬리에 꼬리를 물고 끊임없이 이어지는 스토리텔링의 힘이 놀랍습니다. 등장인물의 각각의 이야기가 서로 얽혀 들어가며 극적 긴장감을 불러일으킵니다. 국밥집 노파, 금복, 춘희로 이어지는 여인 3대와 그 주변 사람의 이야기가 현실과 비현실의 과장된 입담으로 연결되는데, 서술자가 끊임없이 독자의 기억을 환기시키는 방식이 신선합니다. 떠돌아다니는 민담을 집대성한 느낌이 들기도 합니다.

2006년 제12회 문학동네 소설상 수상작인 김언수 작가의 『캐비닛』 역시 상상력과 기발함이 돋보이는 작품입니다. 이 작품의 주인공은 178일 동안 캔맥주를 마셔대고 하릴없이 캐비닛 속 파일을 정리하는 삼십대 직장인입니다. 그의 낡은 캐비닛 안에는 손가락에서 은행나무가 자라는 사람, 고양이가 되고자 하는 사람, 토포러, 심토머, 도플갱어, 샴쌍둥이 등 온갖 기이하고 특이한 존재들이 가득합니다. 소설은 이를 정리하는 주인공의 이야기를 들려줍니다.

문학동네 젊은 작가상

문학동네 젊은 작가상은 젊은 작가들을 널리 알리자는 취지로 2010년에 제정한 문학상입니다. 이 상은 등단 10년 이내의 젊은 작가들을 대상으로 하며 각종 지면에 발표된 신작 중·단편 소설을 대상으로 수상작을 선정합니다. 다수의 수상작을 선정하는 것이 특징이며, 이번 해에 상을 받은 작가라도 다음 해에 중복해서 수상도 가능합니다. 젊은 작가상 대상작 중 주목할 만한 작품을 추천해봅니다.

 2011년 대상 수상작인 김애란의 「물속 골리앗」은 부모를 잃고 수해로 고립된 소년의 이야기를 그립니다. 굉장히 상징적이면서 묵시록적인 느낌이 들기도 합니다. 소년의 아버지는 체불 임금 때문에 타워크레인 위에서 고공농성을 하다가 돌아가시게 됩니다. 아버지의 죽음 후 얼마 지나지 않아 장마가 시작됩니다. 재개발 예정인 아파트는 물에 잠기고 소년과 어머니는 낡고 텅 빈 아파트에 갇힙니다. 소년의 어머니는 고립으로 인해 당뇨가 심해져 돌아가시고, 소년은 죽은 어머니를 테이프로 꽁꽁 싸매고 배를 띄워 아

문학동네 젊은 작가상 수상작들

243

파트를 벗어나려다 어머니를 잃게 됩니다. 한 달 동안 장마가 그치지 않고 모든 도시가 물에 잠기게 되자, 소년은 방문을 뜯어 뗏목을 만들어 타고 구조받기 위해 도시로 나서지만 크레인 외에는 보이는 것이 없습니다. 세계는 온통 물뿐, 살아남은 사람은 소년 혼자뿐입니다.

최은영의 「쇼코의 미소」는 2014년 대상작으로 사람과 사람 사이에 일어나는 관계의 균열에 대해 이야기하는 수작입니다. 오랫동안 사람의 마음을 들여다본 사람만이 쓸수 있는 소설이라는 생각이 듭니다. 소유라는 주인공의 집에 일본인 쇼코가 자매학교 학생으로 와서 함께 생활하게 됩니다. 집에 머무는 동안 쇼코는 소유의 할아버지와 친구가 되고, 일본으로 돌아간 뒤에도 나와 할아버지에게 각각편지를 써서 보내는데, 할아버지에게는 행복한 일상을, 나에게는 불행한 이야기를 적어 보냅니다. 그 후 연락이 끊어진 쇼코의 소식을 우연히 듣게 된 소유는 쇼코를 만나러 일본으로 찾아갑니다.

이 소설은 비슷한 경험을 해본 적이 있는 사람들이 읽으면 누구나 충분히 공감할 수 있는 내용을 다루고 있습니다. 저 역시 이십대 때 일본인 친구를 사귄 적이 있었습니다. 많은 것들을 소통하고 나누는 관계였는데 일본으로 친구가 돌아간 후 약간의 오해와 함께 어느 순간 관계가 끊어져버렸습니다. 소설을 읽고 나서 그때의 기억이 떠올라 여러 생각에 잠겼습니다. 이 소설을 읽으며 인간의 관계가 이렇게 갑작스럽게, 혹은 순간적인 일들로 균열이 가서 관계가 회복이 될 수 없다는 사실이 슬프게 느껴졌습니다.

김금희의 「너무 한낮의 연애」는 2016년 대상 수상작으로 작가는 젊은 시절 미숙했던 두 남녀의 연애를 들려줍니다. 대학 시절, 필용은 자신에게 사랑한다는 말을 하는 양희에게 만날 때마다 오늘도 자신을 사랑하는지 묻습니다. 그러던 어느 날, 이제는 더 이상 사랑하지 않는다는 양희의 대답에 필용은 그녀에게 어떻게 그럴 수 있냐고 따져 묻습니다. 그녀는 그냥 마음이 사라졌다고 대답합니다. 필용은 그 말에 분노하고 거친 말을 쏟아붓습니다. 결국 두 사람은 헤어지게 됩니다. 현재의 필용은 우연히 양희의 연극을 보게 되고, 거리에서 눈물을 흘립니다. 과거에 사라져버렸다

국내 문학상 수상작 읽는 시간

고 생각했으나 결국은 잊고 지내왔던 무언가가 떠올랐기 때문입니다. 후회할 것을 알면서도 놓아버렸던 과거의 선택을 시간이 지나 안타까워하는 게 어쩌면 우리 삶의 모습인지도 모르겠습니다.

제10회 대상 수상작인 박상영의 「우럭 한 점 우주의 맛」은 여러 모로 주목할 만한 작품입니다. 퀴어 문학 열풍의 문을 열었다는 점에서도 그러합니다. 자신의 경험을 소설로 쓰는 화자 '나'는 성정체성을 부정하는 엄마와의 사이에서 갈등을 겪고 있습니다.

5년 전, 암 투병생활을 하는 엄마의 병간호를 하던 화자는 인문학 강좌에서 운동권 출신의 출판 일을 하는 남자를 만납니다. 현재의 나는 엄마의 죽음을 목전에 두고 있지만 엄마와의 사이에는 해묵은 상처가 남아 있습니다. 고등학교 2학년 때 선배 형과 놀이터에서 키스를 하는 장면을 목도한 후 엄마가 '나'를 정신병원에 입원시켰기 때문입니다. 5년 전 헤어진 형에 대한 감정 역시 정리하지 못한 채 갈등하고 있습니다. '사랑이란 정말 아름다운 것인가'라는 질문을 던져보지만 이미 낙인이 찍혀 있는 이 사랑에서 자유로

울 수는 없다는 사실을 알고 있습니다.

문학동네 작가상 수상작

젊은 작가상 대상작과 수상작

제1회 2010년   대상 김중혁 「1F/B1」
편혜영 「저녁의 구애」 이장욱 「변희봉」 배명훈 「안녕, 인 공존재!」 김미월 「중국어 수업」 정소현 「돌아오다」 김성중 「개그맨」

제2회 2011년   대상 김애란 「물속 골리앗」
김유진 「여름」 이장욱 「이반 멘슈코프의 춤추는 방」 김사 과 「움직이면 움직일수록 이상한 일이 벌어지는 오늘은 참 으로 신기한 날이다」 김성중 「허공의 아이들」 김이환 「너 의 변신」 정용준 「떠떠떠, 떠」

제3회 2012년   대상 손보미 「폭우」
김미월 「프라자 호텔」 황정은 「양산 펴기」 김이설 「부고」 정소현 「너를 닮은 사람」 김성중 「국경시장」 이영훈 「모두 가 소녀시대를 좋아해」

제4회 2013년   대상 김종옥 「거리의 마술사」
이장욱 「절반 이상의 하루오」 김미월 「아직 일어나지 않은 일」 황정은 「上行」 손보미 「과학자의 사랑」 정용준 「당신의 피」 박솔뫼 「우리는 매일 오후에」

제5회 2014년   대상 황정은 「상류엔 맹금류」

조해진 「빛의 호위」 윤이형 「쿤의 여행」 최은미 「창 너머
겨울」 기준영 「이상한 정열」 손보미 「산책」 최은영 「쇼코의
미소」

제6회 2015년   대상 정지돈 「건축이냐 혁명이냐」
이장욱 「우리 모두의 정귀보」 윤이형 「루카」 최은미 「근린」
김금희 「조중균의 세계」 손보미 「임시교사」 백수린 「여름
의 정오」

제7회 2016년   대상 김금희 「너무 한낮의 연애」
기준영 「누가 내 문을 두드리는가」 정용준 「선릉 산책」 장
강명 「알바생 자르기」 김솔 「유럽식 독서법」 최정화 「인터
뷰」 오한기 「새해」

제8회 2017년   대상 임현 「고두(叩頭)」
최은미 「눈으로 만든 사람」 김금희 「문상」 백수린 「고요한
사건」 강화길 「호수-다른 사람」 최은영 「그 여름」 천희란
「다섯 개의 프렐류드, 그리고 푸가」

제9회 2018년   대상 박민정 「세실, 주희」
임성순 「회랑을 배회하는 양떼와 그 포식자들」 임현 「그들
의 이해관계」 정영수 「더 인간적인 말」 김세희 「가만한 나
날」 최정나 「한밤의 손님들」 박상영 「알려지지 않은 예술
가의 눈물과 자이툰 파스타」

제10회 2019년   대상 박상영 「우럭 한 점 우주의 맛」
김봉곤 「데이 포 나이트」 김희선 「공의 기원」 백수린 「시간

김유정 문학상

김유정 문학상은 소설가 김유정의 문학정신을 기리기 위
해 2007년에 제정된 문학상입니다. 사단법인 김유정 기념
사업회가 주최하고 있으며 문예지에 발표된 단편 소설을
대상으로 합니다. 수상작 중 몇 편을 추천합니다.

먼저 소개할 작품은 2010년 수상작인 김애란의 「너의 여
름은 어떠니」입니다. 김애란 작가는 가난하고 소외된 이들

의 삶을 미시적으로 보여주는 작품을 지속적으로 발표하고 있습니다. 소설의 주인공들은 삶을 살아가고 있긴 하지만 잘 살아간다고 말하기는 어려운 상황입니다. 대학 졸업후 취직을 하지 못한 채 살만 찌고 있는 '나'에게 어느 날 선배의 전화가 걸려옵니다. 자신이 하는 방송에 출연해달라는 부탁이었습니다. 어린 시절 자신을 죽음에서 구해주었던 병만의 장례식장에 가야 함에도 불구하고 '나'는 선배가 하는 부탁을 들어주기 위해 방송국으로 갑니다. 선배가 '나'에게 보여주었던 대학 시절의 관심을 기억하며 찾아갔지만 전혀 예상치 못하게 출연을 부탁한 방송은 많이 먹기 프로그램이었습니다. 나는 당혹감과 수치심에 고개를 숙인 채 출연 후 비참한 마음으로 그곳을 뛰쳐나옵니다. 선배는 미안해하며 팔뚝을 세게 잡는데 나는 그제야 어릴 적에 병만이 자신을 구하기 위해 손을 내밀었을 때 얼마나 팔뚝이 아팠을까를 떠올리며 펑펑 울고 맙니다.

다음으로는 2015년 수상작인 김영하 작가의 「아이를 찾습니다」를 추천합니다. 아이를 잠깐이라도 잃어버린 경험이 있었다면 그 아찔함을 떠올리며 깊게 몰입해서 읽을 소설입니다. 세 살 난 성민을 데리고 마트에 간 미라와 윤석 부부는 쇼핑 카트 위에 아이를 태운 채 각각 휴대폰과 화장품을 살펴보느라 잠시 한눈을 팝니다. 이윽고 아이가 없어진 사실을 깨닫고 놀라서 여기저기 찾으러 다니지만 성민은 어디에서도 발견되지 않습니다. 그 후 11년의 시간이 흐르게 됩니다. 그동안 미라는 아이를 잃은 충격으로 조현병 증상이 생기고, 윤석은 정규직 일자리를 그만둡니다. 예상치 못했던 불행은 부부의 삶을 나락으로 떨어뜨립니다. 11년 만에 대구의 한 경찰서에서 전화가 걸려옵니다. 자신이 유괴당한지조차 알지 못한 상태에서 살아온 성민을 경찰관과 복지사가 데리고 옵니다. 하지만 성민은 더이상 예전의 아이의 모습이 아닙니다. 자신을 유괴한 여자를 엄마로 믿고 살아왔고, 그녀가 자살하자 충격에 빠진 상태입니다. 집으로 온 성민은 윤석과 미라를 친부모로 받아들이지 못하고, 게임에만 몰두합니다. 윤석은 아이만 되찾으면 모든 게 해결될 거라는 믿음을 가지고 지금껏 살아왔지만, 오히려 현실은 엉켜버린 실타래처럼 어디서 풀어야 할지조차 알 수 없습니다.

이전까지는 아이를 찾겠다는 희망이라도 안고 살아온 시간들이었지만 아이를 되찾은 후에는 어떤 가능성도 남아 있지 않은 비극적 시간만을 견뎌내야만 합니다. 소설은 그럼에도 불구하고 삶은 이어진다고 말합니다. 이 소설은 살면서 우리에게 벌어질 수도 있을 비극적인 상황 이후를 떠올리게 합니다. 지금의 삶이 안정되고 평화로워 보이지만 우리의 일상은 사실 허물어지기 쉬운 사상누각에 불과할지도 모릅니다. 안정되어 있다고 생각되는 삶은 예기치 못한 일로 순식간에 깊은 암흑과도 같은 바닥으로 추락할 수 있기 때문입니다. 아무도 묻지 않은 '그 이후'를 묻고 들여다보게 하는 작가의 질문이 새삼 고마워집니다.

2018년 수상작인 한강의 「작별」은 존재의 소멸을 받아들이는 환상적이면서도 슬픈 이야기입니다. 주인공은 어느 날 겨울 벤치에서 잠시 잠이 들었다가 깨어나고 보니 눈사람이 되어 있습니다. 몸은 점점 녹기 시작합니다. 그녀는 일곱 살 연하의 가난한 현수와 사귀고 있고, 예비 고등학생이 될 아들 윤을 두고 있습니다. 이윽고 만나기로 한 현수가 도착합니다. 현수에게 자신의 상황을 설명하고, 아파트로 올라가 아들 윤과도 이야기를 나눕니다. 부모님께도 안부 전화를 드립니다. 눈으로 된 몸은 이제 곧 녹아 사라지게 될 것입니다. 하지만 주인공은 이 상황을 담담하게 받아들입니다. 몸이 다 녹아내리기 전 그녀는 현수에게 입을 맞춥니다. 그러자 몸은 더 빠르게 부서져갑니다.

2019년 수상작인 편혜영의 「호텔 창문」은 우연히 일어났지만 내 잘못이 아닌 일에 다른 사람이 부여한 죄책감을 가지고 살아가는 삶의 불행을 그린 수작입니다. 운오의 아버지는 출장을 갈 때마다 어린 운오를 큰집에 맡깁니다. 사촌형 운규는 운오를 대놓고 군식구 취급합니다. 사촌형은 그리 좋은 사람이 아니었습니다. 운오에게 까불면 물에 빠뜨려버리겠다는 말을 입에 달고 살았고, 약한 아이들에게서 돈을 빼앗기도 했습니다. 운규가 운오에게 잘 대해줄 때는 그를 핑계삼아서 놀러갈 때입니다. 어느 날 운오는 사촌형과 친구들이 놀러갈 때 따라갔다가 물속에 빠지게 됩니다. 허우적거리다 빠져나오게 되었지만, 바위라고 생각하고 딛고 나왔던 것은 바위가 아니라 사촌형이었습니다. 운오는 살았지만 사촌형은 죽었고, 그 후 큰어머니는 운오에게 '네가 누구 덕에 살아 있는지 알아야 한다'면서 매번 죄의식을 상기시킵니다.

그는 형의 삶을 대신해 열심히 살아야만 했고 형의 부재에 대한 모든 책임을 온전히 떠안아야 했습니다. 큰어머니는 운오에게 매년 형의 제사에 내려올 것을 강요했고, 그가 내려오지 않으면 제사를 시작하지 않았습니다. 그 후 19년이 흘렀고 형의 기일에 고향에 내려온 운오는 큰집에는 가지 않고 식당에서 해장국을 먹다가 형의 옛 친구를 만나게 됩니다. 때마침 동네 시장 근처 호텔에서 불이 나고, 호텔이 연기에 휩싸이는 모습을 보며 형의 죽음에 대한 죄의식으로 뒤덮인 그간의 자신의 처지를 생각하게 됩니다.

역대 김유정 문학상 수상작

한국일보 문학상

한국일보 문학상은 1968년 한국일보사가 제정한 문학상으로 처음 이름은 '한국 창작문학상'이었는데 20회 이후 이름을 한국일보 문학상으로 바꾸었습니다. 수상작 중 두 편을 추천합니다. 2017년 수상작인 정세랑의 『피프티 피플』은 제목처럼 50명의 이야기가 펼쳐집니다. 각기 다른 사람들의 이야기에는 개인적 고민뿐만 아니라 사회적 갈등이 고루 녹아들어 있습니다. 가습기 살균제의 피해자인 유가족의 사연도 있고, 성소수자의 이야기도 있습니다. 씽크홀에 추락하게 된 사고 이야기도 나오고, 대형 화물차 과적의 문제도 등장합니다. 이 소설은 독립된 이야기들이면서도 등장인물들이 연결되기도 하는 옴니버스식 구성으로 이루어져 있습니다.

대형 화물차 과적 사고를 다루는 장유라 편에서 유라의 남편 헌영은 빗길에 25톤 화물차에 치여 식물인간이 됩니다. 유라는 남편의 물건을 처분하고, 아이를 부모님께 보낸 후 일을 시작합니다. 어느 날 유라는 시청 앞에서 화물

연대가 시위를 하는 것을 보는데, 과적으로 인해 제동거리가 짧아지면 위험할 수밖에 없다는 내용입니다. 유라는 남편의 사고가 단순히 화물 운전자의 잘못으로 일어난 일이라고 생각했습니다. 하지만 과적운행에 반대하는 화물연대의 시위현장을 보고 사고의 원인 중 하나가 과적과 관련된 구조적 원인이라는 사실을 알게 됩니다. 유라는 샌드위치를 사서 시위현장으로 돌아가 그들에게 건네줍니다. 이 장면을 통해 우리는 한 가정에서 일어난 불행한 사고가 사회 구조적인 문제와 연결되어 있음을 깨닫게 됩니다.

병원에서 사망자를 이동하는 하계범의 이야기도 인상적입니다. 환자가 사망했다는 호출이 오면 전용 이동침대와 고인을 덮을 부직포 덮개를 챙겨 올라가야 하는데 이때 너무 빨리 가도 안 되고 너무 늦게 가도 좋지 않습니다. 너무 빨리 가면 유족들이 마땅히 누려야 할 시간을 방해하게 되고, 너무 늦게 가면 유족들의 충격이 심해지기 때문에 몇 분의 차이를 잘 지키려고 노력합니다. 이 소설을 읽으며 평소에는 미처 알지 못했던 사실에 대해서 알게 됩니다. 이 작품집에 실린 50명의 이야기는 모두 우리 이웃의 이야기입니다. 다양한 상황과 사건을 통해 사회 전체를 바라볼 수 있게 해주는 수작이라고 생각합니다.

2018년 수상작인 최은영의 『내게 무해한 사람』에 등장하는 화자들에게는 공통점이 있습니다. 십대 후반에서 이십대 초반에는 긴밀한 사이였지만 오해와 미숙함 때문에 끝나버린 관계라는 것입니다. 관계의 균열을 이야기하는 인물들의 감정은 예민하고 민감하게 드러나고 있어 내가 겪은 일처럼 느껴지기도 합니다. 최은영 작가는 전작 『쇼코의 미소』에서도 인물의 관계에서 생겨나는 균열의 문제를 섬세하게 다룬 바 있습니다.

「그 여름」은 레즈비언 커플의 연애담입니다. 열일곱 살 여름에 만나 스물한 살에 헤어지기까지의 일을 서른네 살이 된 이경이 회상합니다. 처음 사랑에 빠졌을 때 이경은 수이가 옆에 있다는 사실만으로도 행복했습니다. 하지만 서울에 올라와 이경은 대학에 가고 수이는 자동차 수리 정비학교를 다니면서 두 사람 사이는 조금씩 틈이 생깁니다. 이경은 수이가 어려움과 힘듦을 자신에게 토로하지 않는다고 서운해하지만 그것은 수이의 성격 때문이기도 합니다. 이경은 은지에게 끌리게 되고, 수이와 헤어지지만 마지막까지 자신은 좋은 사람으로 남고 싶어 합니다. 서른네 살의 이경은 그때의 위선을 되돌아보지만 이십대 초반에 누군가를 사랑하는 일을 완벽하게 해내는 사람은 거의 드뭅니다. 서툴고, 약한 존재이고 그 사랑 없이는 살 수 없을 거라는 굳건한 믿음은 다음 순간 무너져내리고 맙니다.

「모래로 지은 집」에는 나(나비)와 모래, 공무 세 사람이 등장합니다. 그들은 동호회의 처음이자 마지막인 정모 모임을 통해 만납니다. 그리고 그 누구보다도 서로를 이해하고 소통하는 사이라고 생각하면서 가깝게 지냅니다. 하지만 세 사람 모두 각자의 심리적 어려움을 겪고 있습니다. 공무는 디지털 카메라로 사진을 찍습니다. 현실에서는 서로 부딪히고 상처입지만 이와 달리 사진 속에서는 상대방에 대한 응시와 따뜻함이 찍혀 있습니다. 나는 모래가 떠나고 나서 관계를 인식하고 받아들이는 데 한 단계 성숙하게 됩니다. 그러면서 '상처를 주고받으면서도 사랑할 수 있고, 완전함 때문이 아닌 불완전함 때문에 서로를 사랑한다는 사실'을 깨달아가게 됩니다.

한국일보 문학상 수상작

제33회 2000년　하성란『기쁘다 구주 오셨네』

제34회 2001년　오수연『땅위의 영광』

제35회 2002년　은희경『누가 꽃피는 봄날 리기다 소나무 숲에 덫을 놓았을까』

제36회 2003년　배수아『일요일 스키야키 식당』

제37회 2004년　김경욱『장국영이 죽었다고?』

제38회 2005년　김애란『달려라 아비』

제39회 2006년　강영숙『리나』

제40회 2007년　편혜영『사육장 쪽으로』

제41회 2008년　김태용『풀밭 위의 돼지』

제42회 2009년　한유주『막』

제43회 2010년　황정은『백의 그림자』

제44회 2011년　최제훈『일곱 개의 고양이 눈』

제45회 2012년　권여선『레가토』

제46회 2013년　손보미『산책』

제47회 2014년　이기호『차남들의 세계사』

제48회 2015년　전성태『두번째 자화상』

제49회 2016년　윤성희『베개를 베다』

제50회 2017년　정세랑『피프티 피플』

제51회 2018년　최은영『내게 무해한 사람』

제52회 2019년　정소현『품위 있는 삶』

한겨레 문학상

한겨레신문사에서 1995년 해방 50주년 기념을 위한 장편 소설 공모를 했는데, 그때 권현숙의 『인샬라』가 당선된 것을 계기로 1996년 한겨레문학상이 공식 제정되었습니다. 먼저 추천할 작품은 2002년 수상작인 심윤경의 『나의 아름다운 정원』입니다. 이 작품은 1977년부터 1981년 사이에 있었던 한 가족의 이야기를 동구라는 소년의 시선으로 담아낸 성장 소설입니다. 탄탄한 이야기 구성과 동구의 심리 묘사가 생동감 있게 서술되어 있으며, 가족 내에서 벌어지는 비극이 한국의 현대사와 연결되면서 동구의 시선을 통해 안타깝게 전달됩니다. 인왕산 산동네에 살고 있는 동구의 어머니는 6년 터울로 동생 영주를 낳습니다. 할머니는 딸을 낳았다고 구박하지만 동구는 동생이 너무나 예뻐 매일 업고 나가 동네 사람들에게 보여주며 자랑을 합니다. 동구의 어머니와 할머니 사이에서는 갈등이 계속됩니다. 할머니는 엄마를 마음에 들어 하지 않으면서 사사건건 트집을 잡고, 욕설을 퍼붓기도 하고, 자신을 괄시한다며 아들에게 하소연을 합니다. 아버지는 가운데에서 중재를 할 재량

이 없으며 오히려 엄마에게 폭력을 행사하기까지 합니다. 이런 가족들 사이에서 동구는 계속 마음의 상처를 입게 됩니다.

게다가 동구는 3학년이 될 때까지 읽고 쓰지 못한다는 이유로 아버지와 할머니로부터 구박을 받습니다. 3학년 담임선생님인 박영은 선생님은 엄마를 학교로 불러 동구가 글을 못 읽는 이유는 난독증이 있기 때문이라고 말을 합니다. 박영은 선생님은 수업이 끝난 후 매일 한 시간씩 동구에게 한글을 가르쳐주고, 동구의 따뜻한 심성을 칭찬해줍니다. 박선생님의 호의와 사랑에 감동받은 동구는 선생님에 대한 흠모의 마음을 키워나갑니다. 1977년부터 1981년까지의 시대적 배경을 다루고 있는 이 소설은 고시생 주리 삼촌 등의 인물을 통해 한국 현대사의 중요한 사건들인 10·26 사건부터 5·18 광주 민주화 항쟁까지 그려냅니다.

다음으로는 2018년 수상작인 박서련의 『체공녀 강주룡』을 소개합니다. 1931년 평양 평원 고무 공장 파업을 주동하며 을밀대 지붕에 올라 우리나라 최초로 '고공 농성'을 벌였던 여성 노동자 강주룡의 일생을 그린 작품입니다. 저자는 잡지 《동광》의 제23호 인터뷰와 강주룡의 남은 기록을 찾아 읽으며 그녀의 인생을 소설로 형상화해냈습니다. 1부는 강주룡이 평양에 오기 전까지의 삶을 그리고 있고 2부에서는 평양에서 공장 노동자로 일하며 을밀대 지붕 위에 오르는 과정을 보여주고 있습니다.

강주룡은 스물이라는, 당시로서는 늦은 나이에 다섯 살 연하의 최전빈과 혼례를 치릅니다. 최전빈이 열다섯의 나이에 서둘러 결혼을 한 이유는 독립군에 뜻이 있는 아들을 붙잡기 위한 시가의 계획이었습니다. 첫날밤 전빈은 독립군이 되고 싶어 하는 마음을 주룡에게 털어놓고 주룡은 이에 남편을 따라 함께 독립군 부대로 들어갑니다. 그러나 장군의 신임을 얻는 과정에서 둘은 갈등을 겪고 주룡은 혼자 친정으로 돌아오게 됩니다. 남아 있던 전빈은 그곳에서 병을 얻고, 주룡은 전빈이 위독하다는 소식에 달려가 임종을 지킵니다.

시가에 전빈의 죽음을 알리자 시어머니는 살인죄로 주

룡을 중국 경찰에 고소하고, 주룡은 일주일 간 감옥에 갇히나 살인의 증거가 없어 풀려나게 됩니다. 이를 수치스럽게 여긴 주룡의 아버지는 간도를 떠나 조선 사리원으로 들어오는데, 나이 많은 주인집에 딸을 다시 시집보내 한몫을 챙기려는 아버지의 생각을 알자 주룡은 혼자 평양으로 떠납니다. 그리고 평양에서 고무 공장 일을 하며 파업단에 가입하고 적색노동조합원으로 활동합니다. 공장주들에게 투쟁하다 을밀대 지붕 위에 오르는 강주룡의 삶을 감동적으로 그려낸 소설입니다.

한겨레 문학상 수상작

K-문학의 열기, 대산문학상

대산문학상은 1993년에 제정된 문학상으로 대산문화재단이 주관하고 있습니다. 시상부문은 시(시조), 소설, 희곡, 평론, 번역이며 최근 2년 동안 단행본으로 발표된 작품을 대상으로 심사합니다. 한국 문학의 세계화를 추구한다는 이념을 가지고 있어 수상작은 외국어로 번역하여 출판하고 있습니다. 2016년에는 국내 문학 외국어번역지원 사업을 통해 한강의 『채식주의자』를 영국에 알리고, 맨부커상을 수상하는 데 큰 기여를 하기도 하였습니다.

수상작 중 최근 작품 세 편을 추천해봅니다. 황정은의 『계속해보겠습니다』는 2015년 수상작입니다. 황정은 작가의 작품들에서 공통적으로 나오는 키워드 중 하나는 '하찮음'입니다. 스스로 하찮다고 생각하거나, 혹은 누군가가 하찮게 여기는 사람들이 주인공으로 등장합니다. 때로는 누군가의 목숨이 '하찮게' 중단되기도 합니다. 이 소설은 소라, 나나, 나기라는 세 명의 화자가 등장하여 자신들의 이야기를 들려줍니다. 소라와 나나는 한 살 터울 자매입니다. 어머니인 애자는 남편 금주가 작업현장에서 사고로 죽자 인생의 본질은 허망한 것이라고 생각하며 삶의 의미를 잃은 채 살아갑니다. 엄마의 이름은 사랑이 가득한 애자인데, 남편의 죽음 이후 이름과는 반대로 황폐한 존재가 되어버립니다.

모녀는 화장실과 현관문을 같이 나누어 사용하는 집으로 이사를 오게 됩니다. 옆집에는 마찬가지로 남편을 잃은 순자 아주머니와 그녀의 아들 나기가 살고 있습니다. 애자는 소라와 나나를 돌보지 않고 삶을 포기하며 살아가고, 자매는 가정이라는 울타리를 경험하지 못한 채 사랑과 모성에 대한 깊은 회의를 품으며 성장하게 됩니다. 이런 자매를 돌보아준 사람은 옆집 순자 아주머니입니다. 순자 아주머니는 아들 나기의 도시락을 싸면서 6년 동안 소라와 나나의 도시락도 싸줄 정도로 자매를 챙겨줍니다. 혈연으로 맺어진 가족은 아니지만 나기와 순자 아주머니는 가족보다 더 따뜻한 온정을 나누며 살아갑니다. 나나는 이들을 보면서 살아가야 할 이유를 깨달아갑니다. 하찮은 존재이지만 어떻게든 살아나갈 수 있는 존재이며, 즐거워하거나 슬퍼하기도 하면서 어떻게든 버텨나갑니다. 그래서 "계속해보겠습니다"라고 말을 합니다.

2018년 수상작인 최은미의 『아홉 번째 파도』는 동해안의 소도시에서 벌어지는 사건들이 리얼리티를 바탕으로 펼쳐집니다. 척주라는 소도시에서 일어나는 핵발전소 유치를 둘러싸고 주민 간의 첨예한 갈등이 벌어집니다. 약왕성도회라는 사이비 종교집단은 약을 먹지 않고는 잠들 수 없는 노인들과 사람들에게 포교활동을 벌입니다. 척주에서 고통스러운 유년 시절을 보낸 세 사람의 남녀 주인공을 둘러싸고 사건들은 쉬지 않고 휘몰아칩니다. 18년 전 이곳

척수에서는 시멘트 회사 임원이 죽는 사건이 발생했습니다. 죽음에 대한 의혹이 있었지만 사건은 자살로 종결되었고, 얼마 후 그의 아내와 딸은 척주를 떠납니다. 시간이 흘러 그의 딸인 송인화는 척주시 보건소로 발령을 받아 척주로 돌아옵니다. 이후 인화 아버지의 죽음과 연관된, 용의자였던 노인이 독이 든 막걸리를 마시고 사망하는 사건이 일어나면서 이야기는 시작됩니다.

한 도시에서 벌어지는 의문의 사건들과 함께 돋보이는 것은 인물들의 사랑 이야기입니다. 복잡한 사건의 실마리를 가지고 있는 세 사람의 과거와 현재의 사랑 이야기는 독자들로 하여금 이야기 속으로 흠뻑 빠져들게 만듭니다. "사람이 사람을 사랑하는 일에 대해 쓰고 싶었다"는 작가의 말처럼 인물들은 비극적 사건을 겪지만 서로에 대한 사랑을 바탕으로 저항하고 포기하지 않으면서 앞으로 나아갑니다. 소도시에서 벌어지는 병리적 모순과 부조리를 파헤쳐나가는 힘만큼이나 인물들의 심리적 긴장감을 촘촘하게 묘사해주는 힘이 돋보여서 추천합니다.

2019년 소설 수상작인 조해진의 『단순한 진심』은 좀 더 따뜻한 느낌을 주는 감동적인 소설입니다. 이 소설은 삶에 등장한 우연한 타인을 외면하지 않고 기꺼이 이름을 불러 주고 껴안아주는, 돌봄의 마음을 가진 이들의 이야기입니다. 어릴 적 프랑스로 입양된 연극배우이자 극작가인 주인공 나나는 임신을 한 후 자신의 근원과 정체성을 찾아나가기로 결심합니다. 나나는 자신의 이야기를 다큐멘터리로 제작하고 싶다는 서영의 메일을 받고 한국으로 오게 됩니다.

문주는 1년 전에 전 세계에 입양된 사람들이 한국으로 와서 가족을 찾는 프로그램에 참여했는데, 참가자 중 스티브와 함께 두 사람만이 가족을 상봉하지 못했습니다. 스티브는 남쪽 도시에 있는 노숙자 시설에 방치된 엄마의 행방을 알았지만 정신병에 걸려 아들을 낳았다는 사실조차 모른다는 사실을 알고 일부러 만나러 가지 않습니다. 나나는 철로에 있던 자신을 발견하고 기차를 멈춘 기관사가 자신을 1년 동안 거두어 키우면서 '문주'라는 이름을 붙여주었던 사실을 기억하고 있습니다. 나나는 서영과 함께 기관사의 기록과 행적을 찾아나갑니다. 이 소설을 읽다보면 우리가 살아가는 세상이 아직은 살만한 곳이라고 믿고 싶어집니다. 인물들은 도움이 필요한 타인을 향해 기꺼이 손을 내밀어주고, 그 사람의 이름을 불러줍니다. 이 작품을 읽었을 때의 따뜻함이 오랫동안 가슴에 남아 있었으면 좋겠습니다.

대산문학상 소설부문 수상작

SF 문학의 발전 가능성, SF 어워드와 한국과학 문학상

최근 한국 문학계에서 SF 문학이 날로 인기를 얻고 있습니다. SF 어워드는 국립과천과학관이 2014년 신설하여 매년 주최하는 국내 최초의 SF상입니다. 이 상은 국내에서 창작되어 발표·출간된 SF 작품을 대상으로 하며, 영상·장편 소설·중단편 소설·만화 4개 분야로 나누어 대상과 우수상을 시상하고 있습니다. 2019년부터는 웹 소설 부문도 수상 대상에 포함되었습니다. 2017년 4회까지는 국립과천과학관에서 매년 가을에 개최하는 SF 축제에서 진행되었는데 2018년부터는 한국 SF 어워드 운영위원회에서 맡고 있습

9장 국내 문학상 수상작을 읽는 시간

니다.

한국과학 문학상은 머니투데이가 주최하는 SF 분야의 신인문학상입니다. 2016년 첫 공모를 시작했으니 아주 최근에 신설된 상이지요. SF 어워드와 한국과학 문학상은 최근의 SF 인기를 반영하고 있으며 앞으로의 발전 가능성에 주목하고 있습니다. 한국과학 문학상의 제2회 수상작은 김초엽의 「관내분실」입니다. 이 소설은 사람이 죽은 후에 도서관에 마인드를 보관할 수 있다는 설정을 통해 가족 간의 관계와 이해에 대한 내용을 다루고 있는 소설입니다.

양극성 장애를 앓던 엄마는 출산 이후 병세가 심해졌고 아버지와 남동생이 집을 나가자 엄마의 집착은 딸 지민에게 병적으로 이어집니다. 지민은 이를 견디다 못해 유학을 떠납니다. 지민이 떠난 후 어머니는 병원에 입원하고 지민은 엄마의 죽음 소식을 먼 타국에서 메일로 연락받게 됩니다. 결혼 후 임신을 한 지민은 같은 경험을 했을 엄마에 대해 떠올리고, 엄마의 마인드를 찾아보기 위해 도서관에 가지만 마인드를 불러낼 인덱스가 제거되었다는 사실을 알게 됩니다. 인덱스 제거를 요청한 사람은 다름 아닌 아버지였습니다. 지민은 아버지를 찾아갑니다. 인덱스가 없는 상태에서 마인드를 불러내기 위해서는 어머니의 유품이 필요했기 때문입니다. 아버지의 집에서 지민은 엄마가 결혼 전 출판사에서 표지를 디자인하는 일을 했다는 사실을 알게 됩니다. 지민은 어머니가 만든 책을 도서관으로 가지고 가서 접속을 한 후 어머니의 마인드를 만나보게 됩니다.

사이가 좋지 않았던 엄마를 만나 무슨 말을 할 수 있을까요. 지민은 엄마가 세상과 단절되어 힘들어했다는 사실을 이해하지 못했습니다. 만약 당시에 세상과 엄마 사이를 연결해줄 끈이 있었다면, 엄마는 그렇게 힘들어하지 않았을 거라는 사실을 뒤늦게 깨닫게 됩니다. 엄마의 삶을 뒤늦게 이해했다는 것을 돌아가신 엄마에게도 전할 수 있을까요?

마인드는 실체가 아니지만 우리는 마인드를 통해 그 대상을 이해할 수 있게 됩니다. 인간은 지나간 일에 대해 후회하는 마음을 갖습니다. 시간이 지난 후에라도 마음을 전할 수 있다고 믿는다면 (그게 실재하느냐 그렇지 않느냐의 문제

는 별개로 하더라도) 우리가 살아가는 세상이 좀 더 나아지게

될까요? 과학기술의 발전이 미래에 대한 기대를 품게 하는

이유입니다.

소설의 미래는 어떻게 될까?

"성인의 소설 읽기는 시간 낭비고, 굳이 읽을 필요가 없다"
는 말을 들으면서 왜 그렇게 생각하는 건지 궁금했습니다.
"문학은 읽고 싶은데 어떤 책을 골라서 읽어야 할지 감이
안 잡혀요"라는 말을 들으면서 읽을 만한 작품을 추천하는
글을 써보고 싶었습니다. 그래서 이 글을 쓰기 시작했습니
다. 1년 동안 글을 쓰면서 몇 가지 질문을 계속 붙들고 있었
습니다. '청소년 시기에 문학을 읽는 건 필요하지만 성인이
되어서도 문학 읽기는 여전히 유용할까?'라는 질문과 '문
학을 읽는 일은 우리에게 어떤 의미가 있을까?'라는 질문

이었습니다. 문학은커녕 책을 읽는 사람들도 줄어드는 지금 시대에 성인이 되어서도 문학은 충분히 읽을 가치가 있다는 주장의 밑바탕에는 어떤 생각을 깔고 있어야 할까 고민해보았습니다. 이러한 고민들에 답을 해나가면서 소설이란 무엇이고, 왜 우리는 문학 작품을 읽어야 하는가에 대해 깊이 생각해보았습니다.

　최근 소설의 위상은 어떻게 변했을까요? 소설의 전성기가 지났다고 말하는 사람도 있지만 여전히 소설의 영향력은 지속가능한 힘을 가지고 있습니다. 물론 1980~90년대 밀리언셀러 소설이 나오던 때와 비교해보면 소설을 읽는 사람들이 많이 줄어든 것은 사실입니다. 인터넷이 존재하지 않았던 시대에는 텍스트 중심의 독서가 일반적인 취미로 자리 잡고 있었지만 이제 사람들은 영상 매체를 통해 정보를 습득하고 여가시간을 즐깁니다. 영상시대가 도래하면서 소설의 형식과 향유 방식에도 변화가 생기고 있습니다. 웹소설의 인기는 매년 올라가고 있습니다. 공유하는 매체가 다양화되면서 소설은 앞으로도 다양한 방식으로 생존해나갈 것으로 보입니다. 또한 최근에는 순문학과 장르문학의 경계를 넘나드는 경우가 빈번해지고 있습니다. 2019년에 출간된 SF인 김초엽의 『우리가 빛의 속도로 갈 수 없다면』은 2020년 상반기까지 17만부가 팔렸다고 합니다. 순문학이면서 장르문학을 넘나드는 작품의 좋은 예가 아닐까 싶습니다.

이야기에 대한 선호는 인간의 진화를 이끌어낸 하나의 원동력이었습니다. 인류는 이야기를 통해서 사회적 협력을 이끌어내고 발달해왔으며, 앞으로도 사람들은 이야기의 형태로 인생과 세계에 대해 하고 싶은 말을 이어나갈 것입니다. 자기만의 이야기를 가지고 살아가는 인간은 누군가에게 자신의 이야기를 전달하고자 할 것이며, 앞으로 형태는 다양화되겠지만 소설이라는 이야기 구조는 계속 이어지리라 생각합니다.

AI가 소설도 쓰는 시대에 작가가 쓰는 소설은 점점 사라져가지 않을까 하는 우려의 시선도 있습니다. 하지만 소설이란 문제 상황에 놓인 인간이 이를 해결해나가는 이야기인데, 알고리즘에 의해 글을 작성하는 AI가 사랑의 실패나 자신의 정체성을 찾아나가는 과정, 삶에 갑자기 닥친 불행의 의미를 완전히 이해할 수 있을까요? AI가 쓰는 소설보다는 인간 작가가 쓰는 소설을 선택하는 사람이 훨씬 많을 거라 짐작됩니다.

저는 여러 수상작을 읽으며 문학성과 재미를 동시에 갖추고 있는 작품들이 많다는 사실을 다시금 느꼈습니다. 우리나라의 경쟁력 있는 작품들이 여러 나라에 번역 출간되고 있다는 사실도 반가웠습니다. 더불어 새로운 작가를 양성하고 발굴하는 일은 그 무엇보다도 중요하다는 생각을 하게 되었습니다. 그런 점에서 신인 작가들에게 상을 주는 일본의 아쿠타가와상, 프랑스의 공쿠르상, 우리나라의 젊은 작가상이 의미 있게 느껴집니다. 역량 있는 문인들이 자신의 작품을 계속 써나갈 수 있는 토대와 지원이 풍성하게 이루어졌으면 좋겠다는 바람을 가져봅니다. 서문에서도 밝혔듯이 수상작만이 좋은 작품이며 읽을 만한 가치가 있다고 생각하는 것은 아닙니다. 여러분이 이 책에서 소개하는 수상작들을 시작으로 내면세계를 풍성하게 해주는 여러 다양한 작품들을 만나볼 수 있기를 희망해봅니다.

이 책에서
추천하는
주요 작품과
수상작 목록

국내 소설

외국 소설